在水一方

雷学刚　著

中国民族文化出版社

北　京

图书在版编目（CIP）数据

在水一方 / 雷学刚著. –– 北京：中国民族文化出版社有限公司，2024.1

ISBN 978-7-5122-1782-9

Ⅰ.①在… Ⅱ.①雷… Ⅲ.①散文集－中国－当代
Ⅳ.①I267

中国国家版本馆CIP数据核字（2023）第215570号

在水一方
Zai Shui Yifang

作　　者　雷学刚
责任编辑　王　华
责任校对　李文学
出 版 者　中国民族文化出版社　　地址：北京市东城区和平里北街14号
　　　　　　邮编：100013　联系电话：010-84250639　64211754（传真）
印　　装　武汉鑫佳捷印务有限公司
开　　本　787 mm × 1092 mm　16开
印　　张　10.25
字　　数　157千字
版、印次　2024年1月第1版第1次印刷
标准书号　ISBN 978-7-5122-1782-9
定　　价　68.00 元

一个自带阳光的人

雷小英

学刚兄是一位值得我学习和尊敬的兄长，也是一位我能与之产生灵魂共鸣的作家和诗人。"五一"前夕，他诚恳地请我给他的新书《在水一方》作序，着实有些突然。这么多年，我虽然也笔耕不辍，钟情翰墨，但在文学创作上更多的是志存高远，而缺乏高原与高峰，原本是没有资格和能力给别人作序的，何况还是给博学多才的学刚兄的新书作序，这更让我忐忑不安了。虽然至今未曾和他谋面，但我对他的作品和人品并不陌生。因为心有灵犀，加之文人之间惺惺相惜，所以我与学刚兄长的交往有着一种自然而然的亲切与温暖。之前学刚兄赠送给我他在团结出版社出版的《楚风渝韵》和《锦兰馨轩》，初读时，我便激情澎湃，涌出对生活的无限热爱。说实话，我对他充满了好奇之感和敬仰之情，今生有幸成为他的族妹，实乃一种美好的遇见和幸运。

汪曾祺说："己心温暖，则世间温暖；己心妩媚，则世间妩媚。"心中充满阳光，你的世界就是明媚的。学刚兄在《在水一方》中写道，每一个人都应该有自己的星辰大海。他愿做一个自带阳光的人，坦然面对生活的过往云烟。这样，快乐便犹如清风徐来，幸福也会情不自禁来敲门。人无论何时都要充满正能量，方能拥有一个乐观向上的心态。当认真拜读完此书，心灵一次又一次受到净化与启迪，甚是欣赏学刚兄的广闻博见和超然洒脱。同时，我也开始反思，开始重新审视人生的意义，开始重新定位我的世界观、价值观和人生观。

一方水土养一方人，一方山水蕴一方情韵。学刚兄是喝着清江水，唱着《龙船调》长大的土家汉子，能歌善舞，痴迷写作。在那个桂花飘香的季节，他带着对故乡的眷恋，带着故土的芬芳，投笔从戎，远赴被称为"世界屋脊"的青藏高原和满是大豆高粱的东北平原，之后又辗转于古城西安、首都北京、山城重庆，在直线加方块的绿色军营里锤炼锻打了二十个春秋。军队这所大学校培养了他勇敢、刚毅、正直、进取的性格。诸多经历使得他的作品既淋漓酣畅地彰显当代军人的壮志与豪迈，也不失谦谦学者的儒雅俊逸之风。

好曲不厌百回唱，好书不厌百回读。从文字中可以知晓学刚兄是一个睿智的人，是一个拥有阳光心态的人，是一个博览群书、酷爱文学的人，也是一个具有侠骨柔情的人。生活中，他处处留心，把所行、所思、所悟都用慧笔描绘下来，每篇文字皆是情景交融、品味人生哲理的匠心之作。

学刚兄怀揣作家、诗人之梦，为之几十年如一日地奋笔耕耘。在部队时，无论学习和训练多苦多忙，他都坚持阅读，坚持创作。他说生命是短暂的，而用笔表达和歌颂的生活是无限的。我们每个人不能掌握生命的长度，但能拓展生命的宽度。他认为，一个作家应该是热爱生活的，作品应该反映人民的心声，应该奏响人生的壮丽乐章。学刚兄是一位心思细腻、敏感温柔的人。在他众多的作品里，他感悟人品，感悟人生，感悟奋斗的意义，感悟生命中的缘，感悟施恩与感恩，感悟春夏秋冬与人生的意义。生活中的点点滴滴都是那么诗情画意，都是那么充满激情和正能量。

在《晨悟心语》中，一场秋雨、一阵秋风，季节的变迁，让他借景抒情，进而深悟生命的真谛。他期望身边的人珍惜今天，活在当下，努力耕耘，创造无悔的人生。在《春之赋》中，他说一个珍惜生命、热爱生活的人，春天里定然会装着一轮暖阳、一缕清风、一轮明月、一片蓝天。在许多游记中，他感叹祖国的壮美河山，赞美大自然的巧夺天工。在《春色巴渝》中，他心如流云，寄情于山水，沉醉于山水的幽静与灵秀。也许大多喜欢文字的人，都喜欢寻找诗与远方吧！所以，他说想执一笔清浅，"在湛蓝的天空飞翔，剪一段被拉长了的春光，做我轻拢慢抚的心弦，我要用沾满春色的指尖，弹奏一曲巴渝之春的交响"。

看过太多的景，走过太多的路，见过太多的人，经历过太多的事，学刚兄养成了宠辱不惊、处乱不惊的心态，所以他喜欢浅浅的喜、静静的思、纯纯的情。一个作家，只有把心沉下来，把脚步迈出去，坚持不懈地创作，用心感悟生活，感恩时代赋予的风云变幻，才能写出读者喜欢的作品。学刚兄已过知天命之年，却一直对文学保持着初恋般的深情，这对一个作家和诗人而言，是难能可贵的。

学刚兄的有些诗洋溢着情思袅袅、爱依依的感觉，正如他在诗中写道，青春虽逝，心如少年。在他灵魂深处，深爱着一位在水一方的女神，为此，他愿阅尽千山万水，他可以逆着时光而走，只为了今生的相遇；他打开久闭的心扉，伴着唐风宋雨，与心仪之人一起看夏花之绚烂，一起览秋叶之静美；他想为她远离凡尘的喧嚣，以阳光的心态，对饮成仙；他想跨越时空的距离，只为了这段前世今生的爱恋；他坚信，哪怕物换星移，时光倒流，心中的那位佳人，也依然在水一方！

学刚兄在写作的道路上执着向前，他说如果春天不辛勤播种，秋天就不会有沉甸甸的收获。其实，每一个人的生命里都装有一个充满希望的明媚春天。我们以阳光心态涂满生命的画板；以梦为马，不负韶华。只要我们把生命的每一段旅程都走好，做到极致，就是精彩无悔的壮丽人生！

阅读学刚兄的诗文，如沐春风，如品香茗，促使我更加理解并懂得具有军人风骨的他，始终是在用手中的笔歌颂真、善、美，抨击假、恶、丑，为时代放歌，为人民抒怀，向奋进者致敬。他说，这就是一个作家和诗人的神圣使命和博大情怀。诚然，我亦从他的字里行间里体会并感悟到一个作家和诗人为天地立心，为生民立命的格局与力量。我相信这种格局与力量，正是作家的责任和文学的使命赋予时代的壮美交响！

2023 年 5 月 10 日于西安

雷小英　中国民主促进会会员，西北大学文学硕士，曾被陕西省作协推荐去鲁迅文学院进修学习，现为西安培华学院广播电视编导专业副教授，陕西双娇影视文化传媒有限公司法人，专业作家，酷爱编剧工作。

目录

第四辑　文化苦旅

后记 / 149

在水一方

第一辑 心语如诗

晨悟心语

一场秋雨，一阵凉；一阵秋风，一阵爽。

秋日天空湛蓝明丽，暖阳和煦。春华秋实，四季轮回，又一个生命的年轮即将圆满。

生命如水，缓缓流逝，没有声响，没有浪花，甚至连波纹也看不见，一切无声无息。

从容是一种心态。人，活得愉悦在己，活得长久在心。世界再大，大不过一颗心；走得再远，远不过一场情。

人生，重要的不是期望模糊的未来，而是珍惜真实拥有的现在。不为明天的事情烦忧，只要全力以赴地努力，所有愿望都可能完美实现。

简单而专一的生活，才是最值得拥有的人生。

昨日已逝，明日是谜。得到与失去，遇见与错过，都在一念之间。懂得珍惜今天，活在当下，脚踏实地，辛勤耕耘，就是无悔的人生。

春之赋

立春之后，便是万紫千红、春意盎然的春天了。春天是草木萌发、万物复苏、万象更新、鸟语花香的季节。这是一个令人心旷神怡、心情激荡、充满希望与憧憬的季节。在这样的季节里，去散发青草味道、泥土芬芳的旷野里沐浴和煦的暖阳，听风听雨，看天看云看雾看彩云，吟诗作赋，唱歌舞蹈，吟诵绘画，岂不是人间极致的浪漫。

一年之计在于春。如果春天不辛勤播种，秋天就不会有沉甸甸的收获。诚然，春天对任何生命都是平等的，正如我们在上苍的眼里，都是平等的。因此，每个人的生命里都装有一个属于自己的春天。这个春天里都会有幻想、希冀、祈祷、祝福，也有曾经的过往，这些都变幻成春天的色彩，涂满了生命的画板。因此，我们的每一次感动，每一次温暖，每一次快乐，都化成了春天芳草茵茵、碧水蓝天、鸟语花香的景象。

春天，是大自然馈赠我们最美的礼物，它宛如生命里的清泉与甘露，让我们在欣赏春天的美好时舒心、喜悦和快乐。

当然，我们每个人都是凡人，每个人的生命都有缺陷和遗憾，而每个人的内心却都装着一个没有缺陷与遗憾的未来世界，用有缺陷的生命去改造未知的世界，去感知、体验、热爱世界。我想，或许这样的人生才会更加有张力与吸引力。

当我站在春天的花海里仰望天空，仿佛天空在对我灿烂微笑，我也因此而绽放舒心的微笑。我知道，一个善于珍惜生命、热爱生活的人，他的春天里会装着一轮暖阳、一缕清风、一轮明月、一片蓝天。于是，我们在阳光的温暖、清风的涤荡、明月的柔美、蓝天的高远中和着春天的节拍，舞动春天的旋律，畅想春天的故事，描绘春天的画卷，定格人生的春天！

秋日抒怀

金秋时节，迎着初升的朝阳，身披霞光，漫步在古木参天、钟鼓悠远、禅意浓浓的缙云山，静观那一排排笔挺的银杏，仿佛看见英姿飒爽的解放军战士在列队操练。看那秋风吹落满地的银杏叶，宛如看见故乡农家院坝铺晒的稻谷和玉米，最是那婆婆摇曳的桂花树，散发出沁人心脾的阵阵花香，令我深深地迷醉。这一切，让我仿佛进入了瑶池仙境。

深秋的夜，月色皎洁，眺望峡江，翠影叠绿，闻听蛙声蝉鸣此起彼伏，仿佛在听巴山夜雨，品重庆书香。看着那嘉陵江的水在月光下荡起的层层涟漪，仿佛看见一位花仙子在江中沐浴。她顾盼生辉，妩媚多姿，深秋的月亮见了，也会觉得自愧不如，羞涩地躲进云里捉起了迷藏。此时吹来一阵清风，把我从梦幻中带进万丈红尘。当我从迷蒙中苏醒，感悟人身上最沉重的不是负重前行，而是自己某种难以释怀的执念。其实，那些执念往往是浮云和梦幻。因为，最真实的东西往往会带来心灵的负重。俗话说，抽刀断水水更流，借酒消愁愁更愁，香烟不解人生苦，美酒难消世间愁。大千世界，人间百态，灵魂带香的人往往比较乐观、豁达、安静、随和、独立、自然，且与人为善。大道至简，不言而喻，美到极致便是素雅与自然。生如夏花之绚烂，死如秋叶之静美。四季周而复始，人间冷暖自知。只要我们用心生活，真心看淡，即便尘烟浸染，心中总会安放着美好。能够认识和辨析人间百态，分清真、善、美和假、丑、恶，乃一种人生智慧和修养。

人生一世，草木一秋。时光犹如白驹过隙，在日升月落的交替中，沉浸在沉甸甸的金秋里，我的眼里是千江有水千江月，万里无云万里天；在我的心里是八千里路云和月书写的滚烫诗行；在我的画里是《千里江山图》的壮美；在我的歌里是永远唱不够的川江号子。

在稻花香、谷满仓的金秋里冷静感悟，心里满是激情澎湃的诗和心驰神往的远方。生活就是这样，一半诗意，一半烟火；人生就是这样，一半努力，一半随意；情感也是这样，一半经营，一半珍惜。等一朵花开，听一场秋雨，伴一世情缘，让岁月，在人间烟火中，沐浴着人间至纯的心灵暖阳，优雅前行。品一杯香茗，喝一壶老酒，饮一杯禅茶，度一世悲欢，岂不美哉！

生命的活力来源于青春的状态，来源于价值的不断实现。人生的价值不在于成功与失败，而在于执着地追求与拼搏，在于快乐而幸福地生活。人的一生就是一次没有返程的旅行，关键是在欣赏沿途的风景中陶冶情操，滋养心灵，净化灵魂，坚定信仰。人生的道路漫长而又短暂，在我们前行的道路上，或许有鲜花和掌声，或许有荆棘与苦难，或许有成功的喜悦和失败的教训。其实，这些难得的经历，都是我们不断成长进步的财富。生命宛如一朵珍奇娇艳的花，需要我们精心呵护和滋养，才能焕发蓬勃生机，才能永葆青春与活力。

冬的感悟

　　星移斗转，四季轮回，彰显大自然之神奇魅力。秋去冬来，举目四望，大地沉寂。阳光不再那么灿烂，花草不再那么葱茏，树木不再那么枝繁叶茂，鸟儿不再那么欢快歌唱。许多山顶一片肃杀，有的还布满了厚厚的霜雪。整个世界不再像春天那样春色葱郁，不再像夏天那样花儿绚烂，不再像秋天那样金色满园，仿佛进入了一个懒洋洋、无精打采的状态。

　　冬是严酷的，冷静的，沉思的，虽然它失去了春的活力，夏的火热，秋的丰硕，但它积蓄着一年的力量，孕育着蓬勃的新春，将会给人以耳目一新的视觉冲击。冬，着实催人深思，令人回味无穷。

　　冬有冬的景致。在南方，细雨霏霏，候鸟归巢，人们开始杀年猪，熏腊肉，灌香肠，打糍粑，做年糕，扎中国结，写春联……紧锣密鼓地筹备欢度中国最盛大、最热闹的传统佳节了！在北方，则是千里冰封，万里雪飘，树上结满了冰花，白山黑水已经形成壮观的冰川，俨然一个冰清玉洁的童话王国，壮阔的高原恰似矗立在冰天雪地里的金刚。盛开的红梅是北国最圣洁的景致，不知香醉了多少扭秧歌的大爷大妈。那诙谐的东北二人转让人乐开了花，那高亢的秦腔让人热血沸腾，那悠远的信天游让人魂牵梦绕。那香喷喷的牛羊肉让人胃口大开，那醇香的青稞酒和清香的奶茶、酥油茶芬芳了边关冷月，醉倒了蒙古大汉、康巴俊男。那凛冽又澎湃的寒风，拂动圣洁飘逸的哈达，掠过戈壁红柳，迎来了朝阳，又送走了一个又一个长河落日圆，好一派壮美的北国风光！

　　大自然告诉我们，冬天来了，春天就不会远。冬天是在为万物复苏积蓄磅礴的力量，等大地醒来，春天就会万紫千红，夏天就会葱郁苍劲，秋天就会硕果累累。因此，我们绝不能轻视、藐视冬天。

大自然的四季轮回，各有景致，均有使命，给人以无限的遐思和启迪。这也昭示我们，人生四季同样各有使命：青少年是人生的春天，必须辛勤耕耘，播种未来的希望；中年是人生的夏天，必须科学施肥，及时除草，合理灌溉，精心管理；壮年是人生的秋天，应该懂得取舍，收获硕果，实现人生的价值；老年是人生的冬天，应该理性总结昨天和今天，为历史留下宝贵经验，为子孙后代留下成功的启示和失败的教训，让后来者走正路，少走弯路，不走错路。

如果我们在人生的每一个阶段，不把握机遇，不努力拼搏，不开拓奋进，那就是虚度年华，枉来这个世上一遭，就会遗憾终生。因此，只要我们坚持把人生每个时期的事做好，就是不负韶华，就会拥有精彩无悔的壮丽人生！

故乡的雪

　　我的故乡在湖北恩施州利川市，那是一个位于北纬 30° 富有神秘气息的清江滨城。那里是龙船调的故乡，有跻身世界特级洞穴之列的腾龙洞，有保存非常完好的土家山寨——鱼木寨，有大水井古建筑群遗址，有八百里清江画廊源头等令人神往的自然景观和匠心独运的人文景观。可是，我对这些景观并不好奇，记忆也不深刻，唯独对故乡的雪情有独钟。故乡的雪虽然不像青藏高原的雪那样磅礴壮观，也不像东北的雪那样铺天盖地，但有着江南瑞雪兆丰年的韵致。因为故乡在长江和清江之南，是地道的鱼米之乡，雪自然也有些江南的味道。

　　故乡的雪总是在寂静的夜晚悄然降临，一夜之间房檐屋舍、山野村庄、田园河流、亭台楼阁、粉墙黛瓦等满眼银装素裹。一觉醒来，打开门窗，故乡就变了模样，显得分外俏丽。

　　下雪的故乡，像一个身着白色纱裙的江南少女，没有一丝一毫凡尘俗世的脂粉气息。她就像一个雾霭中刚刚飘落到人间的仙子，让人不禁初见倾心，又忍不住心生爱怜，想将这轻纱笼盖的河山轻揽入怀。

　　今年，故乡的雪很大，利川市委、市政府还鼓励、支持社会力量在宛如巨龙腾飞的齐跃山举办了声势浩大的冰雪节，来自重庆、武汉、昆明、贵阳、广州、南京的游客和当地群众在宽阔的滑雪场纵情蹚滑，耍冰舞，垒雪人，打雪仗，做冰灯，跑马，射箭……享受大自然赐予的冰雪盛宴。

　　故乡的雪用高调的白将土家山寨变得简洁明快，错落有致。下雪的故乡，生命陡然间有了时光隧道般的穿越，那些被雪覆盖的田野村庄若隐若现，远山近水变成了黑白两色的镂空画，那雪似缕缕飞絮，又如朵朵琼花，让人走入梦一般的幻境。小桥流水，通幽曲径，飞檐峭壁，楼台亭阁，还有透着灯光的花木窗，边沿长满青苔的千年石板路，一切都像凝固在时光里的水墨丹青。你只管轻轻地走，静静地看，什么话都不用说，你的脚印就有了唐诗宋词那平平仄仄的韵致！

离开故乡回重庆的途中，我恋恋不舍地回眸望着今年冬天的这场大雪，山上很多树都被压弯了，有的枝条还被压断了。尽管如此，土家人依然热爱雪，大家都有一个瑞雪兆丰年的美好愿景。特别是经历过疫情的考验和洗礼以后，土家儿女对大自然更加敬畏了，对生命也更加尊重了。当然，我的回眸里不只看到那洁白无瑕的雪，还看到了绽放于故乡的土家儿女的笑容。那笑容宛如山花一样灿烂，宛如西兰卡普一样美丽！

故乡的雪如诗如画，诗中有我的爹娘，画中有我的诗和远方。那诗就是我青春无敌的梦想，那远方就是我下雪的故乡！

雪绒花

　　北国的冬天是银装素裹的世界，宛如诗情画意的童话王国。那漫天飞舞的雪绒花宛如天女撒下的花朵，又如敦煌莫高窟壁画里的飞天。雪绒花是绽放在天地间最晶莹、最圣洁的花，它是冬天最美的使者。它带着绚烂的笑容，拥抱和亲吻广袤的大地。它是那么轻盈、洒脱和飘逸，始终怀着一颗纯净的初心，带着使命来激活沉睡的冬天。

　　我在青藏高原和东北的军营度过了十八个春秋，长久欣赏那千里冰封、万里雪飘的壮美景观，尤其喜欢漫天飞舞、仪态万方的雪绒花。它飘落在大地上，迷醉在我的心里，让我的心灵得以净化，灵魂得以升华。

　　常常想，人生应该像雪绒花一样洁白，心灵更应该如雪绒花一样纯洁。一个人应该以清醒的心智和从容的心境走过岁月，最不能缺少的，就是雪绒花一样的恬淡。无论何种境况，都应该用欣赏的眼光看待世界，看待周围的人，这样你便会多几分坦然、几分从容。知足常乐，珍惜当下，多一点儿洒脱，少一点儿痴念；多一点儿阳光，少一点儿阴霾；多一点儿花香，少一点儿荆棘；多一点儿沉淀，少一点儿浮躁，人生就会更加完美和精彩！

大雪抒怀

  春、夏、秋、冬，四季轮转，周而复始，万物延绵。四个季节，各有佳境与呈现。春让沉睡的大地复苏，春有春的芳菲嫣然；夏把大地浸透和烘烤，夏有夏的炽热激情；秋将硕果收获，秋有秋的稻香芬芳；冬把大地银装素裹，冬有冬的豁达冷峻。一年四季里，我深爱着的是冬季。

  我虽生在四季如春、梨花带雨的江南，却在千里冰封、万里雪飘的北国军营度过了十八个春秋，在大漠孤烟直、长河落日圆的北国边塞放飞我的梦想，丰盈我的青春，收获我的耕耘。我体验了金戈铁马、战地黄花、爬冰卧雪、边关冷月的情味，深切感悟这种"风花雪月"是一种壮美和家国情怀。我也常因白雪皑皑、冰天雪地、大雪无痕、洁白无瑕的北国风光而陶醉，吃惯了北方的面食，酷爱西北的信天游、东北的二人转，特爱看东北男女老幼可劲儿地扭秧歌，在雪地踩高跷，在广场唱大戏，在馆子啃酱骨头，在家里吃猪肉炖粉条。所以，我从灵魂深处和骨子里把自己的思维方式、价值取向、行为习惯融进了粗犷、豪爽的北方。北方的冬天从头年的十月一直延伸到来年的五月，偶尔的冬日暖阳总是给我无尽的温馨与遐思，不断激发我文学创作的灵感与强烈冲动。在北国待久了，漫长的冬日总是让我旷日持久地思考人生，磨砺意志，锻打淬炼品质，书写天地万物，世间的冷暖、悲悯与感动，久而久之，我就深深爱上了静怡的冬季。

  在我的眼里，冬是一幅雪映红梅图，是大江南北、长城内外银装素裹的水墨丹青。在我的画里，春天是淡雅的水彩画，是燕子春回筑的巢；夏天是远山如黛的水墨画，是心花怒放的激情澎湃；秋天是厚实凝重的油画，是收获满满的粮仓。但是，我更偏爱冬天线条简约、色彩纯净、格调祥和宁静、布局空旷留白、韵味萧条沧桑、写意浅显而又素净的版画。或许，这是我的简单和多情所致。

在我的诗里，冬是一片洁白的素笺，那飞舞的雪绒花就是我多梦的青春芳华。冬天是一首意境深邃的哲理诗。寒冷的冬天告诉我：冬天已经来临，春天还会远吗？寒冷的冬天，更能让我们紧紧拥抱，抱团取暖，那样显得更加亲密无间。同时，也让我们更加珍惜温暖而深情的拥抱。

我常想，若能执着于真心，书写一个诗意绵绵的落款，岂不是一种寒冬意韵的勾画，让这首诗以梦为马，不负韶华，岂不美哉！

在我的心里，冬天就是人生最华丽的转身前夜，也是凤凰的涅槃，更是往后余生渐入佳境的朝阳蝶变。说到底，冬天是我内心最极致的壮美风景，它最终必会由繁华喧嚣回归到春色满园、万紫千红，淡到素白无色，静到细雨无声，简到干净无痕。简单的实质就是心灵的丰盈，原色就是生命的本色。活出本色，才是我们平凡人生的大道。很多人之所以觉得不幸福，就是丢掉了原有的底色与本真，把简单的事情搞复杂了，把具体的问题搞抽象了，把浅显的问题搞神秘了。

我们应该如冬日的雪一样飘洒自如，无论高原、平川与沟壑，平等地用素洁的心去深情相拥；我们应该像冬日的寒冰一样，坚韧不拔，把世间的阴冷冻结，让它从里到外接受洗礼，接受阳光的沐浴，幻化成春雨，滋润万物，达到上善若水、厚德载物、自强不息的境界，实现固态向气态的升华，达到生生不息的本质状态，这不就是人生的最佳境界吗？

热爱生活

　　一个作家，只有体验、热爱、拥抱、感悟生活，才能写出富有生活气息和读者喜欢的作品。如果远离生活、缺乏热爱生活的激情，靠闭门造车、玩文字游戏，是不可能写出精品力作的。正是基于这样的理念，我才对生活葆有一种初恋般的激情。

　　一个作家，如果离开了生活，就像工人离开了机床，农民离开了土地，教师离开了讲台。生活是作家进行创作的沃土。因此，我愿意在生活的沃土里辛勤播种、耕耘和收获。在生活的天空翱翔，可以领略云海的风采，可以俯瞰大地的壮美；在生活的海洋畅游，可以领略大海的宽广、海燕的顽强；在生活中创造，可以体验无限的乐趣和胜利的成就感。

　　生活是一杯水，可以让我们解渴。生活是一杯酒，可以让我们陶醉。生活是一首歌，可以让我们唱响人生。生活是一首诗，可以让我们入心入魂。生活是一幅画，可以让我们产生无限遐思。

　　生活是我们走向幸福人生的源泉。生活就是我们自由地呼吸，生活就是我们在工作中创造，在创造中乐此不疲地劳动，并享受劳动成果的过程。

　　生活就是踏踏实实地过日子。生活拒绝不劳而获，不劳而获的生活是荒芜的，荒诞的，不道德的。经验告诉我们，生活反对我们原地踏步，同时又冷酷地训练我们好好地生存，好好地活。

　　生活的道路，并不一帆风顺。人生征途中的每一个挫折，往往就是为你关闭了一扇门，却又为你打开了一扇窗；生活的每一种遗憾，往往就是一个转角。生活告诉我们，不要抱怨，要学会在逆境中微笑和永不言弃。

因为生活淘汰意志不坚定、半途而废的弱者，只垂青永不放弃的强者。其实，生活还告诉我们，所谓强者，只不过是咬紧牙关挺过难关的人。因为生活中从来没有从天而降的英雄，只有紧要关头敢于挺身而出的凡人。

诚然，真正在乎你的人，不是只看重你的成功，不是分享你的名利，分享你的成果，而是欣赏你遇到挫折、困难、失败时永不放弃的坚守和毅力。因为胜利者之所以胜利，就是能够在失败后爬起来，调整思维方式，继续前进和攀登。因为你的跋涉就是最迷人的风景，你的努力就是最动人的音符，你的坚持就是最感人的诗篇。

苏格拉底说："未经自省的人生，是没有意义的。"五彩斑斓的生活告诉我们，只有经历过酸甜苦辣的人生，你才会更加成熟和强大。只要你热爱生活，生活就会给你惊喜的回报。

生活不仅是一座大熔炉，也是一本富有哲理的教科书，只要你不断去翻阅，你就能享受它源源不断的指点。让我们在走进生活、体验生活、享受生活、创造生活的过程中谱写生命的壮美交响乐，实现人生的价值，当我们在生命的最后一刻回首往事时，一定会问心无愧，无怨无悔！

优 雅

优雅是一种举止的优美与雅致。优雅类似于美丽。但是，美丽是具有遗传性的，而优雅具有艺术性。美丽主要来源于天生，而优雅主要来源于后天的训练与培养。美丽多自天然，优雅多自塑造。美丽养眼，优雅养心。美丽的容颜往往短暂，优雅的举止往往常存。美丽是天赐的，优雅是从文化陶冶中产生的，也是在文化陶冶中发展的。

优雅的举止让人舒心，宛如清风拂面，花香沁人。粗鲁的行为令人反感和鄙视。

优雅是一种和谐，是一种教养的常态彰显。优雅是人类社会文明的基础。一个社会，优雅的人越多，文明的程度就越高；粗鲁的人越多，不和谐、不安宁的概率就越高。要想一个社会更加文明和谐，就应该通过文化艺术的陶冶，培养更多志趣高洁、情趣高雅、格调高级的人群，让他们去引导更多的人克服低俗、媚俗、庸俗的行为举止，让优雅生根发芽，开花结果，蔚然成风。

要让更多人优雅起来，不是一蹴而就的事，需要我们久久为功，让更多的人从思维方式、价值取向、行为方式上向优雅靠拢，这个社会就会整体和谐美好，集体向善、向上、向美！

低　调

　　海纳百川，有容乃大。海之所以可纳百川，是因为始终把自己放在最低的位置。为人谦和，谨言慎行，可能会让一个人避开许多灾祸。

　　孔子云："三人行，必有我师焉。"毛主席说："谦虚使人进步，骄傲使人落后。"陶行知说："千教万教教人求真，千学万学学做真人。"这些名言警句，就是让人保持低调务实、谦虚谨慎的作风。有了谦虚低调的作风，一个人才能做到海纳百川，有容乃大，才能达到自强不息、厚德载物的境界。

　　纵观古今中外的成功人士，多是低调行事的典范。低调是一种态度，一种风格，也是一种修养。

　　大量的事例反复证明，越是成竹在胸、内心强大、自信从容的人，越是行事低调，张弛有度，收放自如，泰然自若。

　　低调之人，言语上总是那么谦逊得体，行为上总是那么平易近人，从不会给别人带来太大的压力，也从不会刻意地炫耀自己，更不会去攀龙附凤。

　　常在水边生活的人都有一个感觉：浅水总是喧哗的，深水总是沉默的，进而才有了静水流深的说法。

　　毋庸置疑，低调是一种保持清醒和善于自省的秉性。真正强大的人，往往不动声色，不露锋芒，更不会把实力挂在嘴边。

　　越是优秀的人，越是懂得克制自己的情绪，不会因一点儿鸡毛蒜皮的小事就火冒三丈，大发雷霆，而是将跌宕起伏、波澜壮阔的绚丽人生调成"静音模式"。

　　坚持低调的人，在人生的巅峰，懂得约束内心的轻狂；在人生的低谷，懂得处乱不躁，荣辱不惊。

古今中外，大量成功人士的经验告诉我们，坚持收敛自己的锋芒，谦卑做人、低调行事的人，往往能走得更高更远，成为人生的赢家。而过于张扬、过于自满和虚荣的人，往往前功尽弃，结局黯淡。

人的一生漫长而又短暂，有高峰也会有低谷，有成功也会有失败。因此，当我们进入人生发展的高峰时，一定要分析自己成功的优势之所在，千万不要忘乎所以，自高自大。如果遇到失败和挫折，一定要深刻反思原因，吸取教训，重整旗鼓，砥砺前行，再创辉煌。千万不要因为一点儿失败，就怨天尤人，自暴自弃。总之，一个人应低调一点儿，谦虚一点儿，让自己的羽翼更丰满，为飞得更远筑牢基础。坚持低调谦虚，才能广交天下豪杰，为你走得更远，实现更大的成功，赢得更多的人脉资源。只要具备了丰厚的知识、能力、人脉基础，你就会不断超越自我，最大化实现人生价值，造福人类，成为一个有福报和受人尊重的人，这样的人生才更加精彩和美好！

独　处

是否善于独处是检验一个人是否成熟、独立，内心是否强大，人格是否健全的重要标志。一个成熟、独立、表里如一、富有人格魅力的人，往往就是一个善于独处的人。一个言行一致、知行合一、格物致知的人，往往就是一个善于独处的人。一个害怕孤独、喜欢喧嚣的人，一个人前人后不一样的人，一个在人多和人少时不一样的人，一个在熟悉环境和陌生环境不一样的人，往往就是一个不善于独处和缺乏自律意识的人。

独处，往往让我们头脑清醒。独处对于清晰思路、聚焦目标、寻求对策大有裨益。

一个人的时光，是一分自在，是一分美好。学会独处，与生活高度融合，是每一个人走向成熟完美、行稳致远的必修课。

独处是一种生活状态，也是一种生活态度。独处是"落花人独立，微雨燕双飞"的惆怅；独处是"众鸟高飞尽，孤云独去闲"的落寞；独处还是"采菊东篱下，悠然见南山"的洒脱；独处更是"小舟从此逝，江海寄余生"的豁达。

成年人的世界，有太多的无可奈何，需要一个安静适意的空间，释放灵魂，保持本真、自然和心灵的愉悦。抛开一天的喧嚣凡尘，或闭目养神，修养身心；或灯下阅读，丰盈心灵；或提笔撰文，抒发情怀。

其实，一个人最好的状态，就是能享受得了人间的繁华，还能安于世间的孤独，更能经受得住寂寞，喜欢上独处。作家张爱玲曾说过：繁华褪尽，人比烟花寂寞。学会了独处，就有了直面惨淡人生的勇气和能力。

善于独处，才不会害怕孤独；善于独处，才能够抵抗挫折和打击；善于独处，才可以快速地成长；善于独处，我们才会变得更加优秀。

德国哲学家康德，一辈子没有走出过格尼斯堡。他无妻无后，生活几十年如一日，守着方寸之地，写出了《纯粹理性批判》。

大凡不善于独处的人，常常害怕孤寂。他们用忙碌驱逐寂寞，用喧闹赶走孤独。

不善于独处，就难以认清自己；不善于独处，就难以自我疗愈；不善于独处，就难以感受到心灵的平静和美好；不善于独处，就难以享受真正的自由和心灵的远方。

独处是一种富有人格魅力的境界。安静的午后，阳光正好，微风不燥，一本书，一杯茶，一曲优美动听的旋律，让一颗浮躁的心，慢慢地沉静下来，去感受岁月静好。

独处天地间，与芳草为邻，与青山为伴，共度光阴，细数流年。独处，是一壶陈年老酒，把天地灌醉，却让自己始终保持清醒。

更多的时候，我选择了刻意远离不重要的社交，沉浸在一个人进行文学创作的世界，听自己的心跳，做自己喜欢的事，放飞心情，舞动生命，丰盈人生。

独处的日子里，眼里的风景更美好，耳边的天籁之音更清丽，脑海里的往事更清晰，因为那些一眼千年的美丽瞬间，早已在我生命的原野里生根发芽，开花结果，芬芳馥郁！

活　着

　　人生苦短，草木一秋。一切名利皆是浮云。最近，我们越来越明白一个简单而又深刻的道理——除了生死，一切都是小事。浅显地说，没有什么是比活着更有意义的事了！因此，全世界的人都有一个共识——人的生命是一切的本源，健康地活着才是一切成长和创造幸福的基础。离开这个基础，所有希望都是空的，连幻想和梦想的机会都不会有，因为人类的一切思想活动与实践活动都必须在生命运动的基础上才能完成。

　　知足常乐也好，知足惜福也好，追根溯源，只有活着才是最好的。生命来之不易，而且只有一次，它的脆弱性、不可再生性，决定了它不可替代的珍贵性。因此，我们任何人，没有权力轻视自己或他人的生命。

　　一个人为什么而活着？一个人为谁而活着？一个人该怎样活着？这是我们每个成年人必须正视和严肃回答的问题。因为这个问题的答案，不仅能反映你的世界观、价值观、人生观，还能反映你的格局、境界、情操、修养。因此，一个人活着的态度、目的与他的生存状态、生活品质紧密相关。如果一个人对于为什么而活着，为谁而活着，应该怎样活着，都难以回答，那么这个人即便是活着，哪怕活一百岁，也仅仅是一具没有灵魂的躯壳。有的人直到生命的终结，也没有回答好这三个具有哲学意义的问题。

　　一个人到底为什么而活着？我以为就是为创造人类文明成果而活着，是为更多的人创造幸福生活而活着，是为实现自己的社会价值和个人价值而活着。作为一个中国人，一个中华儿女，就必须为中华民族的强大和文明的传承而活着。

一个人到底为谁而活着？我以为一个人应该为他脚下的土地而活着，也就是为自己的祖国强大而活着，为中华民族的繁荣昌盛而活着，为社会的和谐安宁而活着，为自己朝夕相处的团队成员而活着，为走遍千山万水仍时刻牵挂的父母和兄弟姐妹而活着。说到底，就是要为中国的长期繁荣稳定和社会和谐发展而活着。

一个人该怎么活着？这是一个关乎高质量发展和高品质生活的话题。要活出滋味，活出智慧，活出精彩，就必须敬业、勤业，不断地创新、创造，这样才能让我们的生活璀璨夺目。

一是要健康地活着。所谓健康，不只是身体健康，还要心理健康。身体健康就是各个器官均保持正常运转的状态。为此，必须坚持早睡早起，坚持锻炼，始终保持健康的体魄。心理健康就是一个人要有健全的人格，不嫉妒，不非议别人，不阳奉阴违，不表里不一，不搞阴谋诡计，要知行合一。

二是要快乐从容地活着。就是要处变不乱，荣辱不惊。要始终乐观，遇到困难，要迎难而上，坚定坚持就是胜利的决心。要有大无畏的英雄气概，遇到坏人、坏事，敢于理直气壮地反对，遇到国家和人民财产遭到破坏和威胁时，敢于挺身而出，见义勇为。

三是要勤劳地活着。天道酬勤，一分耕耘，一分收获。勤劳是中华民族的传统美德。我们活着不能投机取巧，不能不劳而获，不能当寄生虫。应该牢固树立"勤劳光荣，懒惰可耻"的观念，充分尊重一切合法劳动的成果。通过自己的辛勤劳动，创造更多的物质和精神财富，从而为让更多的人分享你的劳动成果而骄傲和自豪。

健康快乐是人生最大的财富。一个人只要能健康快乐地活着，就是一种福气，就应该珍惜和心存感恩。我们一定要知足惜福，因为你还健康快乐地活着！

人　品

　　人品是一个人行稳、走远、飞高的通行证。人品是形成人格魅力的基础，古今中外大凡极具人格魅力的成功人士，无一不是具备优秀人品的巨人。

　　所谓人品，就是一个人的品质、品性、品位，是一个人最基本的素质。人的一生，拼的就是人品。做人的最高境界，就是品行好，口碑佳。

　　做事要成功，首先是把人做好，这是古今中外颠扑不破的真理。为人处世，体现着一个人的智慧，彰显着一个人的修养。

　　一个人无论多有本事，若不会做人，人品差，那么他的成功将大打折扣。一个人真正的资本，不是出身，不是美貌，不是金钱，不是学历，而是人品。

　　各行各业高手如云，他们成功的秘诀各有不同，但有一点是相同的，那就是始终锤炼优秀的人品。命运跌宕起伏，唯有人品是安身之本。

　　大量的经验与教训反复验证，一个人可以没有出众的容颜和才华，但绝不能耍小手段或阴险狡诈。一个人可以不富有，但不能没有人格尊严和为人底线。

　　清白做人，干净做事，坦荡处世，你就会心安理得。人若无品，即使打扮得再光鲜亮丽也得不到信任，即使拥有万贯家财也得不到尊重，即使位高权重也得不到崇敬。人品，是衡量一个人好坏的道德标准。人品，是决定一个人成败的修养基础。好人品，是一个人最大的气场、最大的财富。

　　好的人品不是与生俱来的，一靠严格的家教，二靠良好的教育，三靠自我的修养。实践证明，修养越好，格局越大。人这一生，可以没钱没势，但绝不能没品没德。哪怕你普通平凡，也要稳重如山，宽广如海。好人品，就是金字招牌，就是金山银山，就是一路绿灯。

决定人品的不是名利、地位、金钱，而是道德、修养、学识。人品由人格决定，人格是内涵的体现，人品决定了人活在世上的价值。

漫漫人生，德为立命之本，品为成事之基。做人品为先，行事理为先，平凡是人生的底色，精彩是人生的亮点。人这一生，短期交往看容貌，长期交往看脾气，一生交往看人品。因此，看重人品，是我们交朋友、求合作、谋发展的硬指标。

好人品的养成不是一蹴而就的。好人品需要长期地修炼、养成、检视、修正、完善。只要你有一颗正直、善良、仁义、向上的心，你就会拥有经得起岁月检验的好人品，你的人生也会因此而精彩！

人　生

　　每个生命都是平等的，但是因为成长环境和成长过程的差异，人生的起点与终点是不一样的。人生的境遇与先天的出身因素、后天的努力程度以及对机遇的把握有关。生命的出生、成长、存在等方面的差异，构成了人生和生活状态的多样化。

　　人生就是一个跋涉、拼搏与较量的过程，如果把握得好，人生结局就会有丰硕成果；如果不加强终极目标的设计，不注重自我约束、调节与管理，其结果大都不好。这是从许多人的成功与失败的典型案例中得出的结论。

　　人生的长度并不长，这是不可逆转的自然规律，也是不可抗拒的新陈代谢现象，无论帝王将相，还是黎民百姓，都无法逃避。人生的长度有限，但我们可以拓宽宽度。

　　不要总以为来日方长，其实，往往来日有限，因为明天有许多的不确定性，没有人可以绝对地把握未来。不要总是期待明天，而忽略了今天。不要总是仰望天空，却忘记踏实走好当下的路。

　　人生的路不可能一帆风顺，往往会坎坎坷坷，这恰恰是事物发展的规律。内心强大的人，对此从容不迫，将困难当成磨刀石。内心丰盈的人，总是行走得从容镇定，将美景尽收眼底，从而赢得美好的人生。

　　人生的路有不同的阶段。孩提时，尽情地嬉笑玩耍，快乐无忧。涉世之初，怀着对世界的好奇，开始人生新的起点。青年时期，充满激情和理想，为了美好生活而努力打拼，浑身有使不完的劲儿。人到中年，如正午阳光，走得最急也最累；向前看，有希望也有迷茫；回首望，却没有退路，只有承担起肩上的责任，不忘初心，砥砺前行。到了老年，早已洞明世事，醒悟生命，于是脚步平稳，从容淡定，不再为得到和失去而纠结，最是夕阳无限好。

人生有三重境界：看山是山，看水是水；看山不是山，看水不是水；看山还是山，看水还是水。无论在哪一层，不同阶段有不同阶段的体悟与收获。

人生的路有千万条，不同的选择造就不同的结局。你若自私狭隘，脚下的路便会越来越窄，结果越来越差。你若视野宽阔，心胸宽广，未来一定越来越好。

人生的风景，各有不同，我们一路迷茫一路前行，一路捡拾一路舍弃，近了，远了，来了，去了，皆是寻常。

人生最美的不是风景，而是看风景的心情；最珍贵的不是终点，而是一路前行的过程。

我们一直前行在人生的路上，洒下辛勤耕耘的汗水，播种浇灌无限的希望，尽管一路上会有这样或那样的不如意，但我们依然坚信，远方一定会有更加波澜壮阔的风景，这就是我们人生追求的价值与生生不息的希望。一个有希望的人，才会充满活力，活得豪迈精彩。

缘　分

　　缘分，是前世今生修来的遇见。相识就是缘，相聚就是分。缘分就是一个生命个体与另一个生命个体相遇、对撞，进而产生的心灵共鸣、磁场共振。缘分不受地域、种族、肤色、地位的制约，只受时空的影响。早一秒遇不见，晚一秒等不到，必须是在你生命独放异彩的那一瞬间，刚好映入对方的眼帘，你的出现成了对方的一眼千年，一生执念，一世惊鸿。

　　人生本来就是一场盛大的遇见。我们都是人间凡胎，应该知敬畏，守底线，不做坏事，少做错事，多做好事，广结善缘，积德行善，自然就会有福报，遇见生命中的贵人。这个贵人，就是你的有缘人。因此，我们要善待生命中遇见的每一个人。

　　人生是一场无法回放的绝版电影，也是没有返程的旅行。在我们前行的路上，会遇到许多人与事，对遇到的人，我们首先要友善，其次是要真诚。如果遇见心怀不轨的人，我们必须在交往中进行分辨和筛选。舍得是一种人生境界。大舍大得，小舍小得，不舍不得。交朋友也是如此，不能贪多。真朋友，需要自己去辨别和品读。品读朋友，就是品读人生中最厚重的书。

　　人生总有许多无奈和无助，关键是我们要正确对待。我们难免会遇到自己不喜欢的人，对此，不要去耗费太多的时间和精力，必须果断放弃。因为你的果断放弃，实质上就是给自己加持新的能量，这样你才能带着这样的能量去遇见值得交心的人。

　　大千世界，无奇不有。有些人，不管你如何挽留，该走的早晚都会走；

有些事，回不去永远都回不去。即便能够回去，你也会发现，早已物是人非。唯一能回去的，只有存在心底的美好回忆。其实，回忆也是人生的宝贵财富。

世界上最远的距离，就是熟悉的人渐渐变得陌生。朋友，慢慢地，都淡了；渐渐地，都忘了。那是一种悲哀。熟悉的人，你不去呵护，慢慢就陌生了；熟悉的事，你不去回味，渐渐就淡忘了。

人和人相遇，靠的是缘分；人和人相处，靠的是诚意；人与人友好，靠的是情义。这世间，没有谁对不起谁，只有谁不懂得珍惜谁。不懂得珍惜，再亲近的人，也会变得生疏。生活中，无论是亲情、友情，还是爱情，只有不为物质所左右，不为权势所动摇，自然而然留在你身边的，才是最真的，最长久的，也是你值得永远珍惜的。

朋友，相遇最美，今生能遇见，就是来之不易的缘分，就是人生最大的幸福，愿天下有情人，永远珍惜缘分带来的美好吧！

孤 独

　　孤独是灵魂进行独立思考和探索的一种必要状态。孤独不是孤傲，也不是寂寞，更不是百无聊赖。孤独是抵御喧嚣的铜墙铁壁。你能承受多大的孤独，就可能有多大的成就。许多杰出的大师、大家、名家，他们的成就往往是从面对孤独、承受孤独开始的。

　　人在孤独的时候，更能冷静地思考自己到底需要什么？从而坚定自己的人生目标与方向。那些为国争光的宇航员，那些守护祖国界碑的解放军战士，那些高科技领域的研究者，那些人民作家、人民艺术家，有几个不是忍受孤独而取得丰硕成果，从而得到人民称赞和爱戴的？

　　孤独不是曲高和寡，也不是逃避现实，更不是不食人间烟火，而是需要安静地进行灵魂的修炼。想要保持灵魂的高洁，必须具备闹中取静、静待花开的定力。

　　孤独者的思想和灵魂是自由的。自由的思想和灵魂是自由行动的基础。现在一些人之所以难以成功，原因就是过于浮躁，忍受不了独立思考、理性思维的孤独。有的人喜欢人来人往，熙熙攘攘，众星捧月，忍受不了孤独的清净、清冷、清苦，为了满足一点儿虚荣心而躁动不已，久而久之，内心深处没有了支撑，活得空虚、寂寞、无聊，整日萎靡不振，失去斗志。他们面对声色和名缰利锁的诱惑，失去了原则，失去了准则，失去了底线，失去了尊严和人格，被人嗤之以鼻，可悲可叹。

　　要成就一番事业，必须学会孤独。要做一个有内涵、有基本尊严、有人格魅力的人，必须能忍受孤独。

一个人可以孤独，但不能孤傲，不能孤高，更不能孤芳自赏和孤军作战。我提倡的孤独，就是不要人云亦云，要敢于怀疑，要敢于说不，要敢于求证，要敢于打破常规，要勇于为维护真理而不怕得罪权威，甚至牺牲自己的切身利益。我提倡的孤独，就是一种境界，一种品质，一种修养，一种独立的思考，一种独到的见解。我提倡的孤独，不是独孤求败，更不是鹤立鸡群、唯我独尊，而是要殊途同归。说到底，我们就是要打破常规，唯才是举，尊重人才的独立个性。

孤独者的存在，既有客观原因，也有主观原因。因此，我们要实事求是地保护孤独者。要尊重那些占领精神高地、灵魂星空的孤独者，要尊重那些在文化高地和科学高地默默攀登的孤独者。一个国家，一个民族不能缺乏孤独的追梦人、思考者、探寻者。我们要向那些忍受寂寞、甘愿寂寞、挑战极限的思想者、实践者、奋斗者学习致敬，因为他们是心系天下和人民的先行者和奉献者。他们锲而不舍、始终不渝地坚持科研与反复实验，摒弃了常人的社交活动。他们是时代尖兵，是精神的富翁。这些孤独者不失为时代的精英、民族的脊梁、国家的栋梁。因此，我们应该向那些平凡而又伟大的孤独者学习致敬！

静　心

　　静心是一种修养，也是一种定力，更是一种能力。大凡成大事者，都是具备这种能力的人。因此，静心，无论是做人，做事，做学问，还是兴业，成事，都是十分必要的。

　　诚然，在这纷繁的尘世里，能保持静心是难能可贵的。安静不仅仅是书中的几行小字，也不仅仅是茶中的一缕清香，更不仅仅是画家笔下的一处山水，而是驻守在人们心灵深处的一缕清音。

　　心静时，你可以听到山涧泉水水流潺潺的声音，你可以听到路边花开簌簌的声音，你可以感到身边的风是轻柔的，你可以闻到空气中的青草味与淡淡花香。

　　一个安静的人，定然是心中有风景的。他们懂得紧紧地抓住灵魂，懂得享受生活中的一草一木、一花一叶，知晓一花一世界、一叶一菩提的禅意。

　　据我观察，安静的人酷爱在书中寻清风明月，赏朗山秀水，写几行小字，让一笺心事流淌于墨香中，读几篇诗文，享受文字灵动的细雨清风。淡淡的时光里，最难得的是那颗淡然静怡的心。

　　喜欢安静的人，闲来泡一壶茶，看着茶叶在沸水中飘逸舞动，犹如人生的浮沉，将流年的往事折叠在一盏茶香里，唯留一处清幽，在一壶春色中，让那缕淡淡的香溢于唇齿间，辗转于生命中，仿佛乾坤轮转。

　　如若一个人能在心中涵养一处安静，就能去掉生命表面的喧闹与不安，因妥帖而睡得安稳，因宁静而温暖。内心的安静可以是闲来一本书、一盏茶，看月圆，赏春花，心如简，淡如菊，聆听花开的声音。也可以是在熙熙攘攘的人群中，以内心独有的那一分自持默守那抹清凉。

生活已经很累，因此，活着，不必和自己较劲儿，善待自己，让心灵得一刻休憩，让心不再慌乱。生命中，可以没有春日枝头的娇媚，也可以没有绚烂的夏花，但一定要有秋日的静美和冬日的安静与豁达。

人生难得的是内心的安静和恬静。一个安静的人，即便是在人山人海中、繁华中，内心也依然会有一分谦逊和清欢。

爱安静的人，经常处于尘世喧嚣之外，这并不是逃避，而是为了避免不必要的干扰，让自己更有定力，更好地判断事物本质与特色，于纷繁中走出一条路来。世间之事皆有定数，但凡大事，定要做到处乱不惊。一个安静的人，必携一颗淡然的心，于安静的意境中，莲花自开。

生活的起落间，总会遇到这样或那样的事情，不可能每一天都阳光灿烂，命运也不会把所有的幸运都给予你，偶尔也会有阴霾来袭。

一个安静的人，不会被名缰利锁所缠缚，能始终保持一颗恬淡的心，他们不攀比，不攀附，把名利得失看得很淡。他们以一颗随遇而安的心行走在万丈红尘中，不求成为最香艳的那朵花，只求做深山里的那朵淡然的菊，用一颗平和的心面对一切。

看淡并非不求进取，也不是无所作为，更不是无所追求，而是以平和与宁静、坦然和安详之心，离尘嚣远一点儿，离自然近一点儿。

安静的人，内心是深邃而澄澈的，如静水流深。静，就是生命的圆满；水，就是生命的本源；流，就是生命的体现；深，就是生命的蕴藉。

喜欢安静的人，处世不张扬，态度柔和，胸中自有万千丘壑，为人谦逊，懂得修身养性。

烟柳画桥，风帘翠幕，生命中的万千风景，终不抵内心的自在和轻松；繁华落尽，心中仍有花开的声音，任尘世喧闹，世事纷扰，皆与我无关，那样的干净与满足，最得风流。

人生难得静心，生活因为安静而美丽，岁月因为安静而丰盈。静，是内心最美的风景。有了这样的风景，我们就能怡然自若，静待花开。

格　局

　　格局大，天地宽。现实生活中，我们常听大家在谈论，某某人之所以发展受限，不是因为智商和情商不高，而是因格局不大所致。到底什么是格局？我以为，格局反映了一个人的胸怀和眼界；格局就是一个人的人生态度和为人气度。

　　一个人心胸宽广，包容能力就强，而且特别低调和谦逊。大凡有人格魅力的人、有亲和力的人、处乱不惊的人，心胸都比较宽广。大海之所以容纳百川，就是因为把自己放得很低，所以，海体就深邃，海面就波澜壮阔。大凡心胸狭隘的人，都比较自私自利，也不容人，喜欢吹毛求疵，喜欢打着追求唯美、完美的旗号，对别人的失误、错误上纲上线，强烈谴责和驳斥，以从中体现自己的高明。

　　大格局不是与生俱来的，也不是一成不变的。人生大格局是通过家庭教育、学校教育、社会实践日积月累涵养铸就而成的。父母是孩子格局形成的最好的老师。因此，我们为人父母，一定要心胸宽广，为人正直，处事公道，行事低调，做人谦逊，唯有如此，我们的行为才能正向激励孩子养成大格局。

　　格局可以折射出一个人的人品、教养、涵养、文明素质。它是有评判标准和内容、形式考量的，是我们可以体验和感知的。在待人接物时，格局大的人往往能沉得住气；面对风雨，能镇定自若；遇到挫折，能迎难而上，披荆斩棘；遇到误会，不会纠缠不清；即便理直气壮，也会留有余地，不会得理不饶人。

涵养大格局，必须具备战略思维。格局大的人，站位高，看得远。一个格局大的人，不会斤斤计较，也不会事事耿耿于怀，更不会在乎一城一池的得失。因为，他知道，他的人生目标绝非眼前的成就。对大格局的人来说，吃尽千般苦，受尽万重难，只是人生砥砺前行的磨炼与考验，因为他明白，苦难往往孕育辉煌，经历风雨才能见彩虹，守得云开方能见月明。

大格局的人，不会为了一时的挫折而闷闷不乐，不会为了他人的不欣赏、不垂青而暗自神伤。他不以成绩为傲，也不以败绩为耻。遇事的时候，大格局的人从不抱怨，不言败，不退缩，不逃避，而是通过排除万难，找寻突破口，扭转乾坤！

大格局的人看起来总是风轻云淡，并不是他不曾受过伤害，而是他知道自己到底需要什么，心中有自己笃定的人生目标，也懂得什么更有意义和价值，绝不为不值得的人和事去浪费自己的宝贵时间与有限精力。

大格局的人，往往能成就大事。因为大格局是一种高远的境界和正能量强大的气场。正反两面的经验与教训表明，一个人想要拥有大格局，必须学会包容和忍耐！包容他人的过错，多审视检查自己的过错；当你身处逆境时，不坠志气，有了烦恼时，冷静应对。一点点改变思维，一步步拓宽格局。当你的格局大了，你便有更加宽阔的视野，你的收获也就更加丰硕了，人生也就更加精彩了！

涵 养

所谓涵养，我以为，就是内涵的外在体现，是一个人的品质、品性、品位、品格的有意或无意的外在彰显。

涵养是一种教养。教养是一个人的个人品德、家庭美德、社会公德、职业道德教育的体现。一个人后天的世界观、价值观、人生观的建立，对各类人和事物的判断解读，一定程度上都是由其教养决定的。

涵养是一种学养。一个有学养的人，会不断读书、思考和实践，懂得在书山学海中追求真理，求真务实，精益求精，一丝不苟，严谨治学，懂得知识改变命运，读书成就未来，成为"读书破万卷"的精神贵族。

涵养是一种静养。有涵养的人，大多是张弛有度、收放自如的人。宁静致远，淡泊明志，厚德载物，天行健，君子当自强不息。有涵养的人，大多时候处于平静、冷静、恬静、沉静、宁静的以静制动的状态，落落大方，稳如泰山。

涵养是一种精养。所谓精养，就是一个人说话做事，既要追求精准，减少出错率、偏差率。精养就是要以高远的理想作为人生目标，有火一般的激情投入事业，有"会当水击三千里"的笃定，有"心中有丘壑，眉间作山河"的气度，有"长风破浪会有时，直挂云帆济沧海"的浩然正气、蓬勃朝气、昂扬锐气。

涵养是一种艺养。所谓艺养，就是要有丰厚的艺术滋养，具备较高的艺术品位、高雅的艺术气质、娴熟的艺术展现、独特的艺术风骨。艺养会召唤出我们心中对美最期盼的追寻，会让我们把平淡无奇的日子过得像诗一般美好。

涵养是一种修养。就是坚持独立思考，不人云亦云，敢于向未知领域挑战，实现由必然王国到自由王国的转变。就是要养成不做两面人，不说长道短，不品头论足，不攀龙附凤，不溜须拍马，不投机取巧，不口是心非，不自命不凡，不自私自利，不夸大其词，不落井下石，不过河拆桥，不斤斤计较；多行善积德，多雪中送炭，多换位思考，多成人之美，多一分包容，多一分微笑，多一分鼓励，多一分希望。

每一个生活细节，都折射着一个人的涵养。涵养不是装腔作势，更不是虚张声势，而是要通过学习、实践和探索，不断丰富自己的内涵。也只有如此，我们的涵养才会不断丰盈，我们的一举手、一投足才能大方，自然，得体。只有始终做一个有涵养的人，才能得到社会的广泛认可与尊重。

每一分坚持，都是成功的累积，只要相信自己，不断增加涵养内核，就会收获惊喜。每一种生活，都有内在的轨迹，我们要遵循每个人成长的基本规律，不断肯定自己，不轻言放弃。每一个清晨，都是希望的开始，记得鼓励自己，展现自信的魅力。这世上，没有谁比谁更幸运，只有谁比谁更坚持，更执着，更努力，要相信，越努力就会越幸运。

干　净

　　内在和外在都干净的人，是让人尊敬的。俗话说："一屋不扫，何以扫天下？"家里的房屋干净，可以让人感到温馨幸福。工作的环境干净，可以让人舒心，进而提高工作效率。我深切感悟到最高贵的品质，不仅仅是拥有高尚的人格，还应包含干净的灵魂和崇高的信仰。我深感，干净的灵魂和崇高的信仰尤为重要，它们才是我们行稳致远的通行证。

　　大文豪契诃夫说："人的一切都应该是干净的，无论是面孔、衣裳，还是心灵、思想。"他的话令我深深思考，并产生强烈共鸣。

　　我们应该保持仪容干净。保持干净的面孔，身着干净的衣裳，不仅可以让自己保持整洁的形象，也是对别人起码的尊重。有的人，不修边幅，穿戴随便，仪表不整无所谓，总以为这是自己的事，与他人无关。这种观点看起来没有多大问题，其实问题不小。因为，冰冻三尺非一日之寒；千里之堤溃于蚁穴。许多不良习惯一旦形成，往往难以改变。好的习惯，可以促进自己健康成长；坏的习惯，往往会起到相反的作用。一个人的良好习惯也不是一朝一夕形成的，而是需要日积月累。如果一个人养成了不良习惯，再要改变就很难了。人的本质是社会关系的总和，具有自然属性和社会属性。自然属性的主要目的是征服与基本生存，社会属性是创造与美好生活。人类从原始蒙昧走向现代文明的主要标志是文化的繁荣、精神生活的丰富。因此，每个人的仪表也是文明进步的一个重要标志。为了给文明社会树立良好的个人形象，我们每一个人都应该保持自己的仪容干净。

　　我们应该保持心灵的干净。心灵的美胜过面容的美。因为，随着时光的无情流逝，面容的美会逐渐消失，而心灵的美则是灵魂的美、内涵的美，唯有这样的美，才能久远。要保持心灵的美，就必须坚定信念，做到心无旁骛。

我们要保持思想的干净。思想是人们对一切客观存在的科学认知、综合判断、价值取舍的理性光芒。有了理性的光芒，才拥有实践的动力。伟大的思想孕育伟大的理论，伟大的理论指导伟大的实践，伟大的实践丰富伟大的理论。一个人，如果没有思想，就缺乏科学的认知与判断。一个民族，如果没有思想做引领，就会成为一盘散沙。我们要凝神聚气，聚沙成塔，汇涓成流，就必须拥有大格局的思想，只有这样才能凝聚磅礴力量。思想的干净是高尚人格、崇高信仰日渐形成的基础，有了这样的基础，我们就能克服人生道路上的各种风浪和挑战。

综上所述，只有保持仪容、心灵、思想的干净，我们才会有坚定的志气、充足的底气和不屈的骨气。只要我们保持净气，做到心灵干净、思想干净，就能书写天地存正气、日月朗乾坤、海晏河清的壮美华章！

岁月如河

　　岁月是一分一秒的时光流成的一条长河，我们的人生就是在这条长河中的一滴水，离开这条河，这滴水就会枯竭。人生就是在漫长的岁月中日益积淀、磨炼、成长、丰盈、成熟起来的。

　　人生就是一场在岁月中艰难而又快乐的跋涉，就是一场在光阴里的蝶变。在人生的际遇里，轻拥一段淡雅的时光，捧一杯茶的清香，将自己安置在暖暖的一米阳光里，静观风云变幻。

　　人生漫长而又短暂，我们就应该让生命更有尊严，让生活更有品位，通过阅读、朗诵、演讲、攀登、游泳、书法、绘画、歌舞、茶艺等方式让自己的人生更优雅。在一诗、一文、一曲、一瓶墨、一杯茶中，以热爱为动力，在心海里摆渡。在心魂里，随着洒脱的清风，伴着烟雨的迷蒙，蝶飞蜂舞，让浪漫的款款深情，在心海中荡起涟漪。

　　喜欢轻倚岁月的心窗，任微风徐来，柔柔拂面，闭上眼睛，静享生命里的清风明月，给自己一分豁达，给心灵一分宁静。

　　行走在时光里，生活的清香淡淡弥漫，岁月的过往任其缱绻。在生命的旅程中，忠诚的朋友心存明媚，暗香盈袖，文字芬芳，让每一个日子云淡风轻，清朗无染，璀璨无比。

　　岁月中的每一次遇见，都是一场盛大的缘。温馨的遇见，心底永存，友谊永恒，在生命的画卷里，手执素笔，写下令人唇齿生香的诗词，闻着淡雅素净的墨香，牵手红尘岁月，品味烟火人生，享受生命的释然。在浩瀚的词海里，用最美的文字编织友情的明媚，享受生活的灿烂，在这冬日的暖阳里，为君书写世间最怡人的诗文，为精彩的人生吟诗作赋。

岁月是一条流金的长河，涤荡着人生的风华与沧桑。蓦然回首，多少往事成烟云，多少光阴成旧事。所幸，经过悲欢离合，一切依然安好。我们不曾在最美的年华辜负最好的自己。

前行的路上，谁也难以预测有多少个明天可以风和日丽；亦无法估量有多少风霜雨雪需要面对。沿着生命的长河，一路跌跌撞撞，虽有挫折坎坷，但从未退缩。一直相信，别过大雪纷飞，就会迎来春暖花开。而这些途经的绽放与凋零，是开始，是结束，亦是为下一季的盛开悄悄埋下的伏笔。

一程山水一程人，一段时光一段缘。留不住的是光影如梦，留得住的是山重水复。过去的事，都会成为故事；离开的人，都会成为故人。世事喧嚣纷扰，放下无奈，愿山长水阔，风景依旧，时光如初，你我如故。

人生的故事里，岁月的旅途中，总有些缘分，没有惊艳的开场，没有动听的告白，却已然刻进生命的年轮里。人的一生会遇见许多人，爱过，笑过，哭过，闹过，到最后忠诚坚守的屈指可数。朋友亦如大浪淘沙，留下的才是真朋友。在未来的岁月里，凡事随缘，来去如风。

曾经沧海难为水，除却巫山不是云。值得欣慰的是，能够遇见阳光温暖的知己，拥有兰花品质的灵魂，均是来自纯净磁场的深度吸引。在岁月之旅中，每一个晨阳初升，每一个夕阳西下，都有美好相伴同行。偶尔风雨坎坷也不曾背叛相识相知的真诚，以世间最纯美的方式论证一种情意的永恒，这就是岁月的力量，只有敬畏这种力量，我们的人生之路才会走得更稳、更远！

生命与人生

一切生命都是造物主的完美作品，每一个作品都是不可复制的生命个体，每一个生命个体都应该得到尊重与敬畏，唯有如此，才有生物的多样性和奥妙无穷的生命华彩！

生命是无价的，因为人的生命具有唯一性和不可逆转性。平均下来，我们每个健康的人的生命仅有三万多天的宝贵时光。任何生命都必须遵循生老病死、新陈代谢的规律。因此，我们应该珍惜光阴。唯有把有限的生命投入无限的、有价值的事业中去，我们的生命才有尊严、价值与意义。

人生就是一场盛大的旅行，有起点，有途中的艰辛跋涉，有驿站，有动态的表演，还有终点。但是，人生的表演没有彩排。只有经得起平凡、平淡、平静考验的人，才能收获平安与精彩。凡是好大喜功、贪大求多、急功近利、急于求成，害怕孤独寂寞，坐不住冷板凳，没有大格局的人，往往会落寞收场。大量生动的实践和发人深省的反面教材告诫我们，人生真是"行百里者半九十"，生命有终点，事业追求无止境。

人生如歌，宛如一部激越的生命交响曲，总是会有跌宕起伏；人生如画，宛如一幅五彩斑斓的精彩长卷，总是让人目不暇接，眼花缭乱；人生如书，宛如一部《春秋经》，总会引人入胜。人生无常，它用不同的经历把悲欢离合和成功失败彰得淋漓尽致，总让人受到生命不息、奋进不止的鼓舞与鞭策。尽管人生只是草木一秋，如流星飞逝，但如果我们能不断奋进，生命定会绽放异彩。落红尽处是尘缘，人生深处有冷暖。或许生命就是一场又一场的相聚与离散；或许正因我们多经历了一些事，多遇到了一些人，才觉得这个世界很精彩。

　　回眸生命的过往，感觉有的遇见宛如雪花一样晶莹剔透。也许彼此的缘分，只是个擦肩的转瞬，留意并抓住了，你的生命轨迹与情感轨迹就会有一个华丽转身。如果你对某些已经出现的缘分，因为矜持，因为胆怯，因为羞涩，因为被动，因为纠结而犹豫不定，那么你的一个极速转身便是遥不可及的天涯。我们不要忘却初遇的那分真心与美好，少点儿怀疑，多点儿信任，少点儿误会，多点儿沟通，那么世间所有的缘分，在眼光交汇的那一刻，抵得过人间的万千种温暖。如若遇见，无论是缘还是劫，都是一场美丽的邂逅，也是生命的春天，是岁月的诗篇，更是人生丰盈的画卷！

美的感悟

美是内容与形式的最佳统一，美是外在形象与深刻内涵的有机结合，美是可以穿越时空和人类共享的文明成果。美是人人都向往的，美是一种可以令人愉悦的视觉、听觉和心灵综合感觉的传递与有效传播。

一切美的思维、心态、理念、状态、感觉、创造、体验、享受，都是人们一直孜孜以求的物质与精神的最佳统一。

美有老天赐予的不加粉饰的自然美。美的容颜，往往源于基因，与遗传有关。但这种美往往都是表象的、肤浅的、短暂的，它可能让你感到眼前一亮，但缺乏直抵灵魂的长久震撼。因此，从生命力的角度而言，这样的美往往会随时光流逝而逐渐衰退，乃至消失。

美也有经过后天熏陶、培养、塑造、训练、创造而成的，艺术作品的美更是如此。因此，多坚持内修外塑，美就会凸显一个人的气质美、思想美、灵魂美。这种内在的美是高层次、高品位、高志趣的，它往往会随时光流逝而显得更加珍贵。

无论是内容的美，还是形式的美，都应以内涵为核心，以最佳呈现为表达。这样方能既养眼，又养心。装饰只是一种技术，最高境界也就是过目不忘；内涵与形式的完美统一才是艺术，最高境界是入心入魂。让人片刻惊艳的只是艺术形式，令灵魂强烈震撼和长久传承的才是艺术内容。一个人的精神贫穷，犹如土地沙漠化一样可怕。一个缺少内涵的人，无论花多大精力去追求外在形式的美，最终也难以填补其内心的空虚与精神的荒芜。

我始终赞美欣赏大自然的朴素美，赞美欣赏日月星辰的亘古绝美，赞美欣赏万马奔腾的恢宏壮美，赞美欣赏茫茫大草原的辽阔美。但是，我更赞美欣赏人间最珍贵的真、善、美，表里如一和言行一致，特别是那种催人泪下、催人奋进的人性之美。我反对一切假、恶、丑和表里不一，一切的假、恶、丑和金玉其外，败絮其中，都是真、善、美的天敌。

为了人间有更多的人性之美、博爱之美、艺术之美、和平之美、人与自然和谐之美、人类共生之美，我将拿起手中的笔去描绘锦绣中华的壮丽之美，抒发江山就是人民、人民就是江山的磅礴力量之美。

为了世间万物能够彰显更多圣洁的美，为了更多灿烂之美能够惠泽人类，我们一起砥砺前行吧！这就是我们发现美、挖掘美、创造美、维护美、展示美、享受美、传承美、歌颂美的初心，也是我们文学艺术创作生生不息的源泉与动力，更是我们永不放弃的光荣使命与时代责任！

在水一方

第二辑

人生感悟

淡定的力量

人们经常说"要淡定"。到底什么是淡定？我以为，淡定就是面对猜疑而毫不乱心，面对打击而面不改色，即使困难重重也要微笑前行。说到底就是富贵不能淫，贫贱不能移，威武不能屈。

淡定的人，宠辱不惊，处变不惊，笑看花开花落，云卷云舒，潮起潮落。淡定的生活，不急不慢，张弛有度，云淡风轻，细水长流。

杜甫有诗：水流心不竞，云在意俱迟。万丈红尘之中，我们要给心灵留一方空灵与宁静。

菊，是淡定的，经霜不凋，傲立枝头。兰，是淡定的，深山幽谷，静吐暗香。荷，是淡定的，淤泥之中，亭亭玉立。梅，是淡定的，冰雪之中，含芳吐蕊。

淡定是一种修为，淡定是一种品格，淡定是一种境界，淡定是一种优雅，淡定是一种沉稳，淡定是一种状态，淡定是一种洒脱，淡定是一种定力，淡定更是一种智慧。

淡定，是近年使用频率较高的一个词，成了大度、包容、稳得住、不斤斤计较的代名词。

淡定这个词，看似消极、退让，实则给了生命更安宁、更舒缓的空间。

人生，就是一次盛大的旅行，输赢得失都是暂时的，从容淡定，收放自如，进退自如，安全抵达幸福的终点，才是人生的大赢家。

淡定，是一味心药，方寸大乱时，不妨用用这味药，一定会心平气和，一路阳光。

　　许多人之所以失败，走向低谷，甚至一蹶不振，就是因为不懂得淡定，在关键时刻，举棋不定，犹豫不决，导致重取轻舍，最后竹篮打水一场空。因此，人的一生，创造价值，给更多的人带来福祉很重要，但是，面对巨大的物质、金钱、名誉、美色、权力诱惑时，更应岿然不动。这就是从灵魂深处铸就了稳坐钓鱼台、任凭风浪起的淡定品格。有了这样的品格，你就能行稳致远，成就无悔的人生。

得到与失去

　　人生就是一个不断得到和不断失去的过程，我们需要在这样的过程中反省和感悟，走向成熟。

　　得到和失去，是一个辩证关系。没有永远的得到，也没有永远的失去。俗话说："失之东隅，收之桑榆。"人生往往就是在短暂的得到中增加成就感和自信，在不断的失去中变得沉稳和坚强。

　　只要是通过诚实守信、辛勤劳动而得到的成果，就都是应该值得珍惜的。凡是生命过程中因为偶然和必然的原因而失去的东西，我们都应该总结并吸取教训。但是，这不是我们变得懦弱和退缩不前的理由。

　　从能量守恒定律和物质不灭定律的角度看，世间一切的得到只不过是暂时的。在相对稳定的时空里，事物不是一成不变的。事物不断变化，从而产生矛盾。因此，矛盾才是推动事物发展的重要力量。许多东西，你所看到的、拥有的、感觉到的，也只是你生命长河里的一朵浪花而已。浪花总会以不同形状消失，也正是在浪花消失的过程中，我们才有了回味，珍惜曾经的拥有。但是，浪花并没有永恒地消失，它只不过是以气体、固体或者其他的方式在另外一个时空存在罢了，我们无须为了短暂的失去而颓废和怨声载道。只要我们坚持从哪里跌倒就从哪里爬起来，就会看见新的朝阳，取得新的收获。人类社会从原始蒙昧走向现代文明，就是一个从得到到失去，又从失去到得到的螺旋式发展的过程。我们在这样的过程中变得理性而又浪漫，真实而又梦幻，进取且坚定，从而把握事物发展的规律，实现社会发展从必然王国到自由王国的飞跃。

　　得到与失去的过程告诫我们，当我们得到的时候，千万不要忘乎所以，骄傲自满；当我们失去的时候，也不要情绪低落。只要我们内心强大，正确对待得失，就能做到处变不惊，荣辱不惊，静观花开花落，笑看云卷云舒，进而做到自信人生二百年，会当水击三千里。

　　生命有限，所有得到的最终会失去。只要我们用心珍惜过，即便得到后瞬间失去，我们也能泰然自若。

　　花开花谢，四时更替，该走的终是无法挽留，该来的也难以阻止。放开胸襟，坦然面对，以喜悦之心迎接每一个清晨，以淡然之心送走每一个黄昏。

　　月有阴晴圆缺，人有悲欢离合，此事古难全。但愿人长久，千里共婵娟。得到与失去，让我们明白，心宽路才宽，只要我们心胸宽广，我们的人生之路就会阳光灿烂。

施恩与感恩

予人玫瑰，手有余香。舍得舍得，舍便是得。大舍大得，小舍小得，不舍不得。因为你的兜里装满了这样东西，自然也就无法再装那样东西了，所以，我们的陈旧思想、陈旧习俗、陈旧思维、陈旧观念、不合时宜的传统与规矩也要与时俱进地革新和改进，否则，我们的思想就会僵化，就会阻碍事业的进步和发展。

分享的基础是你具备创造物质财富和精神财富的能力。一旦你具备这样的能力，就应该持续不断地奉献，让更多人在分享中获得快乐与幸福，你的个人价值和社会价值也会在这个过程中得到最大体现，你的人格、尊严、名誉也会大大提升。世界上一切成功的人，都是思想境界崇高的人，乐善好施的人，无私奉献的人。正是因为他们善于施恩，才让社会充满温暖，人间充满阳光，世界充满大爱。

施恩的人只管付出，并不奢望回报。他们的思想与行为始终那么高尚，令人敬仰。久而久之，他们就成为众人的榜样。

施恩的人做了许多感人至深的事，受恩的人没有理由心安理得地接受，而是应该从心灵深处释放感激之情，这是必须具备的最淳朴的人性光芒和道德基础。

懂得感恩是一个人的基本情感，也是一个人的基本素养，更是一个人行稳致远的人脉基础。

施恩是阳光，让人温暖；感恩是追光，让人振奋。施恩是大爱无疆，让世界汇集成爱的海洋；感恩是反哺，让世界充满希望。施恩是使命与责任，让人类减少更多的冲突与创伤；感恩是鲜花，让世界充满沁人心脾的芬芳。施恩让人类释放大爱，感恩让人性散发光芒。为了世间充满爱，一切爱好和平、追求和谐的人就应该献出一分情和一分爱，凝聚磅礴力量，把人间汇聚成施恩和感恩的海洋！

永远都不远

近日看了贵州傩文化博物馆唐治洲馆长在朋友圈的留言，非常赞同他的观点。唐治洲在朋友圈说："古人云：三十而立，四十而不惑，五十而知天命。但从当今国际的年龄划分标准来看，五十的年龄是中年。然而，中年的我感觉自己像活成了一部《西游记》：既有悟空的压力，也有八戒的肚子，虽然没有老沙的秃顶，但有唐僧的'无能'。九九八十一难，一个都没少，关键是离'西天'越来越近了。"看了唐治洲这段话，我是感同身受的，一点儿也不觉得是调侃，反而看到了他的人生智慧与"三观"的折射。

人到中年，上有老下有小，工作竞争激烈，身体也早不如年轻时强健了。所以，活过半生，我们才悟出一个简单的道理：学会放下。其实，放下并非懦弱无能，反而彰显其成熟与强大。

无须计较太多，要学会顺其自然，这是老子的哲学，我们应该践行。有得必有失，当你拥有了一些，也必然要放弃另一些，该是你的，终会得到，不是你的，即便暂时得到，顶多就是当一阵子保管员，最终还是会失去。因为一切的得到，必须靠诚实劳动和辛勤耕耘，这就是天道酬勤。天上从来不会掉馅饼，只会掉陷阱。世界上从来没有如果，只有结果。很多事，我们还没有出发，就知道了结果，因为当初的方向是错的，结果自然是错的；只要方向正确，哪怕步子慢，最终也会到达目的地。

一生有多长？寿命长的，也不过三万多天。我们常祝福一个人永远健康，一段情永远延续，其实那只是一种美好的向往和一厢情愿的自我安慰。理智的人都知道，永远，其实真的并不很远。

　　人生，活得太清醒、太精明，未必是智慧和幸福。大智若愚，愿意舍得，方能做到得不过喜，失不过悲，荣辱不惊，得失坦然。这才是我们内外兼修的最佳境界。

快与慢

"快"与"慢"截然相反，古人云："欲速则不达。"你可以追求"快"，但一定要在有效率保证的前提下。

快与慢体现物体在运动中的速度。所谓速度，就是物体在单位时间内通过的距离。速度的快与慢告诉我们事物的发展状态。无论快与慢，我们都必须从容应对，镇定自若。

在面对国家财产和人的生命安全受到严重威胁时，我们必须争分夺秒，与时间赛跑。当遇到地震、海啸、泥石流、洪水、火山爆发等自然灾害或突发事件时，我们必须处变不惊，要有泰山压顶而面不改色的定力。同时，我们要刻不容缓，瞬间做出反应，组织精干力量，以迅雷不及掩耳之势控制局面，把突发事件消灭在萌芽状态。如果我们反应迟钝，行动拖沓，就会给国家和人民造成不可估量的巨大损失。

当然，不是所有事都需要快速处理。比如当你听到一个朋友告诉你，说另外一个朋友在外面恶意中伤和诋毁你时，你千万不要偏听偏信，也不要马上去质问和大发雷霆，更不能立刻以牙还牙，针锋相对，而是应该一笑了之，泰然自若。俗话说，眼见为实，耳听为虚。现实中，有时眼见也不一定为实，如果我们仅仅看表象，或者道听途说，听信一面之词，那是了解不到事情的真相的，一切应遵循客观事实，水落自然石出，时间是验证一切的最好方法。所以，遇到朋友私下说的八卦，一定要从慢处理，三思而后行。

我的一个朋友早上打车去上班，不小心把手机落在了出租车上。他焦急万分，坐卧不安。大家都知道，现在的人身上不带一分现金都可以正常生活，可是手机丢了就会给生活造成一定影响。因此，朋友决定立即再买一部近万元的新手机。我让她先不要着急，一方面协调重庆交通广播电台连续播报了六次寻物启事；另一方面，我让她立即与出租车平台联系，把自己早晨几点从哪里出发、终点在哪里、手机型号等信息一并告诉了平台。出租车平台联系到了司机，第二日晚上，司机就把手机送了回来。如果朋友不是立即停止买新手机，那么她就要破费近万元。

在遇到突发事件时，要根据实际情况做出理智的反应，根据事态的发展寻找最佳的解决途径。有的问题要立说立办，及时解决。有的问题，要坚持遇事则缓、慢半拍的方式去解决。要知道，快慢相宜才是真正的境界。

能够把握快与慢的节奏，是一种智慧！需要我们有沉着冷静的心态！生活中有太多事情需要快与慢相结合，以达到快与慢的平衡。

做一个心怀阳光的人

阳光，总是给人以温暖、朝气、热情与活力。一个人的内心和灵魂如果缺乏阳光，那么他可能是阴郁的。一个人是否光明正大，内心和灵魂的阳光尤为重要。一个阳光的人，一定是不搞阴谋的人；一个阳光的人，一定是正能量满满的人；一个阳光的人，一定是大气磅礴的人；一个阳光的人，一定是热情似火的人；一个阳光的人，一定是重情重义的人；一个阳光的人，一定是铁肩担道义的人；一个阳光的人，一定是充满希望的、大写的人。

我不喜欢阴雨连绵的日子，因为它总是让我产生莫名的惆怅和忧郁。我喜欢阳光灿烂的日子，因为它总是让我心旷神怡，精神抖擞，神采飞扬。

我喜欢在晴空万里的日子，带上一分好心情，去听一树花开的声音，去听鸟儿的啼鸣，那时眼中有绿意葱茏，心中有远方可憧憬，一幅沐浴阳光的油画便定格在心底，真是惬意！

汪曾祺说："己心温暖，则世间温暖；己心妩媚，则世间妩媚。"做一个心怀阳光的人，才能保持年轻的心态。生活不可能没有烦恼，不可能处处都是鲜花和美酒，也会有荆棘和坎坷，但只要你不抱怨，不放弃，坚持奋进和拼搏，就会走出困境，赢得胜利。心里有阳光，前方就有曙光。

心中有阳光，脸上有微笑，眼里有风景，这就是岁月静好吧！做一个心怀阳光的人，好运自来。无论这个世界如何对你，都请你一如既往地充满希望，努力奋斗，活出属于自己的精彩。当生命燃烧殆尽的时候，你可以对这个世界自豪地说，我的人生因心怀阳光而无比精彩，我的生活因拥抱阳光而无比幸福！你也可以骄傲地说，此生无憾！

认识人生

　　只有当一个人处于大爱大恨之时、大喜大悲之时、大成大败之时、大得大失之时、大进大退之时，他才可能大彻大悟。我没有经历过大风大浪，也没有经历过跌宕起伏，自然不会对人生有特别深刻的感悟。但是，曾经的过往，经历的岁月，见过的人与事，看到的物是人非，乃至各种机缘、际遇，犹如电影胶片，总是把我带进时光隧道，让我不断回眸和反思，进而让我有了一些认识与感悟。虽然这些感悟算不上智慧，也称不上哲理，仅仅是我对人生的理解与诠释。

　　林语堂先生说过："生活的智慧在于逐渐澄清滤除那些不重要的杂质，而保留最重要的部分。"回归初心，去繁就简，不为积习所蔽，不为浮名所累，不为离别所伤，不为失去所扰。

　　身心一致，表里如一，知行合一，格物致知，行稳致远。人们喜欢思考生命的本质，主动探索自己人生的价值和意义，这是人类不断走向繁荣昌盛和文明进步的主动担当。其实，这更是感性上升到理性的人生自觉，这种自觉一定会开启我们的自律与自省。有了这样的自律与自省，我们才会自警，自励，从而增强敬畏之心，把自己修炼得更加谨慎，更加谦逊，更加镇定自若，更加从容淡定。

　　人生是一场盛宴，但不是一场物质的盛宴，而是一场思想、精神与灵魂的修炼，这种修炼就是一种不断认识自我、实现自我、否定自我、升华自我、超越自我的过程。我们的人生就是在这样周而复始的修炼中提升境界，增强人格力量。因为，作为物质的躯体终将消亡，能够留下的唯有思想的光芒。

我们来到这个世界上的真正使命到底是什么？不同思维方式、不同价值观、不同行为方式的人，回答的内容截然不同。但是，历史经验和人类社会的发展规律告诫我们，一个人只有不断克服自私，为更多的人带来希望和幸福，才会被更多人记住。正如诗人臧克家所说："有的人活着，他已经死了；有的人死了，他还活着。"

我一直认为，人活着就是要不断提升自己的素质，让自己谢幕之际比开幕之初更加纯粹，更加绚烂，更加芬芳。因此，一个人活着，就是要为天地立心，为生民立命，为往圣继绝学，为万世开太平！有了这样的人生，你就是一个高尚的人，一个纯粹的人，一个有益于人民的人。有了这样的人生，当我们回首往事的时候，就不会因自己的碌碌无为和虚度年华而悔恨！

顺其自然　知足惜福

　　人总是喜欢怀旧的。在夕阳无限好的时节，许多往事会一幕幕涌上心头。这其中有许多事，都会给我们带来启迪。

　　我们都是凡人，自然脱离不了尘俗，自然会有悲欢离合，会有挫折、失落、失败的沮丧，也会有成功的喜悦。我们无论面对顺境还是逆境，都要有一颗平常心，处变不乱、荣辱不惊，笑看花开花落，云卷云舒。

　　生、老、病、死，是生物世界不可逆转、不可抗拒的自然规律。但是，只要我们认识规律，尊重规律，利用规律，从科学的态度和实践的真知出发，就能拉长生命的长度，增加生命的厚度，这就是人可以认识、顺应、征服自然规律的智慧结晶。也正是因为如此，人类文明的薪火才得以传承。

　　人生的许多烦恼，多源于内心的计较，以致表象错位、认知肤浅、观点偏颇、结论片面，从而内心失衡，走入迷茫。

　　生命有限，人从出生那天开始，生命就进入倒计时。人生苦短，自己的快乐都没有更多的时间去体验和分享，何必再花更多的时间去懊悔、沮丧、惋惜、埋怨呢？完全没有必要把目光总盯在别处和别人身上，你太在意别人的目光和评价，就忽略了自己存在的价值。

　　我们不应该庸人自扰，既不要妄自尊大，也不要妄自菲薄，多审视自己内心的需求，抛开那些虚无与虚荣，多存敬畏之心，多一分善良、多一分本真、多一分悲悯、多一分阳光，让我们的人生多一分实在、多一分淳朴、多一分理解、多一分信任、多一分包容、多一分和谐、多一分温暖、多一分快乐、多一分幸福！这就是人生的智慧，这就是人生的价值！这就是人生的精彩！这就是人生的意义！

信仰的力量

信仰是什么？我认为，信仰就是人们在改造自然和改造主观世界中形成的高于物质层面的价值认同、思想境界、精神动力和美好憧憬。

信仰与民族的文化习俗和自然环境有关，与一个人的文化修养有关，与一个民族的素质有关，与一个国家的政治制度、精神追求有关。

信仰宛如大海边的灯塔、航船的指南针。有了坚定的信仰，民族才有希望，国家才有力量，社会才会和谐稳定，进步发达！

中国共产党的信仰就是共产主义，为解放全人类，实现共产主义而奋斗！这是中国共产党长期执政、合法执政、永远执政的强大思想武器和坚定的灵魂基础。中国工农红军靠着崇高的信仰、坚定的信念和不屈的斗争，完成了举世闻名的二万五千里长征。中国人民解放军就是靠着崇高的信仰，小米加步枪，战胜了国民党反动统治军队的大炮、坦克，取得了新民主主义革命的伟大胜利！正是靠信仰的力量，中国共产党带领全国人民取得了社会主义建设的一个又一个胜利。靠着信仰的力量，中国共产党带领中国人民一定会取得中华民族伟大复兴的胜利！这是人民的选择，更是历史的选择！

一个人，可以在物质上清贫，绝对不能在精神上空虚。一个人，可以身无分文，但绝对不能没有信仰。

著名作家罗曼·罗兰说过：最可怕的敌人，就是没有坚定的信仰。坚持信仰，是人生向上的力量支撑。当坚持走错了方向，迷失了自我，需要及时纠偏时，必须让信仰回归到正确的轨道。

　　我们应在困境中保持旺盛的激情与坚强的斗志，要学会迎风飞翔，要相信努力和天道酬勤。

　　英国诗人雪莱说："信仰是一种感情，这种感情的力量，就同其他各种感情一样，恰好同激动的程度成正比。"

　　人生需要信仰，用热爱和坚持去支撑你的信仰，终究可以获得生命的正能量。相信持之以恒和滴水穿石的力量，总有一天，你会收获你想要的成功。这种成功，不一定是万贯家财，不一定是权势滔天，可能是内心的充实和满足，以及温暖和幸福。这就是信仰的伟大力量！勇敢、勤劳、智慧的中华民族正在用神话般的奇迹展示强大的信仰之力！

远离负能量的人

　　正能量，催人奋进，给人力量和鼓舞。这样的能量对促进社会进步、事业发展、引人向上大有裨益。负能量消极、被动，给人造成情绪黑洞。正能量，我们必须旗帜鲜明地弘扬；负能量，我们必须坚决果断地反对。

　　我们在现实的工作、学习和生活中，难免会遇到负能量的人。特别是当遇见负能量的人伤害你的时候，你是针锋相对，以牙还牙，以恶制恶，还是以和为贵，以德报怨，以理服人呢？我以为，对待充满负能量的"垃圾人"还是要宽待之，不要以怨报怨，要坚守自己的道德底线，不能与其同流合污。远离"垃圾人"，就是远离负能量，远离情绪黑洞，远离灾难！不去和"垃圾人"计较，就不会浪费时间与精力，保持更旺盛的精力去唱响主旋律，传播正能量，净化社会环境，促进和谐。

　　人上一百，形形色色。面对"阴阳人"、"多面人"、阴险狡诈的人、背叛你的人，千万不要生气，因为这是负能量的人自己失去了一个真诚而又忠诚的朋友。失去宝贵财富的是负能量的人，而并非你自己！为几个跳梁小丑去生气、伤心、难过，扰乱心智，动摇信心，迷失方向，影响美好心情，十分不值得！

　　人生无常，前路漫漫，遇见的很多事、很多人都是难以预料的。因此，我们一定要厘清社交圈、娱乐圈、生活圈、朋友圈，远离心术不正、自私狭隘、人格缺失、心理不平衡、爱嫉妒、喜欢搞阴谋诡计的小人，多与阳光、正直、大气、健康、高雅的君子交往，这样才能净化自己的交际圈，纯洁自己的心灵，让胸襟更加宽广，眼界更加开阔，人品更加高洁。也唯有如此，我们才会克服"近朱者赤，近墨者黑"，做到不同流合污，做一个光明磊落、表里如一的人，做一个坦荡大气、高风亮节的人，做一个赤胆忠心、知行合一的人，做一个重信誉、讲道义、懂礼仪、守规矩的人！

珍惜缘分　善待挚友

知己难求，随缘就好。世界很小，尽管人海茫茫，我们总会遇到一个三观一致、思想共鸣、志同道合、情投意合的朋友，遇到那个相见恨晚、心有灵犀、灵魂相融、能量和磁场一致的人。这样的人，虽然与我们没有血缘关系，但是彼此的信任、理解、包容、依赖胜过亲人，这就是缘分的力量。有了这样的力量，友谊可以超越亲情、时空、国籍、种族、性别、年龄、学历、贫富、尊卑，将两个陌生的人紧紧联系在一起。我钦羡这样的奇缘和挚友。这样的奇缘，丰盈了我们的人生；这样的挚友，让我们的生命不仅有意义，而且更加绚烂精彩！

缘分很奇妙，它是一种说不清道不明的盛大遇见。既然遇见了，彼此就应该像爱护眼睛和生命一样，认真呵护，倍加珍惜。

我们每一个生命个体，都相对独立存在于天地万物间，从人格上讲，都是平等的。相遇是一种美丽的缘分，更是人生履历中最美丽的风景。正如张爱玲所说："于千万人之中遇见你所遇见的人，于千万年之中，时间的无涯的荒野里，没有早一步，也没有晚一步，刚巧赶上了，那也没有别的话可说，唯有轻轻地问一声，噢，你也在这里吗？"既然好不容易相遇了，只要对方没有人品问题，我们就应该旗帜鲜明地珍惜生命长河中遇见的挚友。

人的一生很短暂，可谓草木一秋，白驹过隙。但是，在短暂的人生中，总会有心动的遇见。仿佛是上天的安排，又仿佛早已相识。所以，无须华丽的语言、过多的客套，无须特别的安排，他就会出现在你的生命里。

冥冥之中，总会有这么一个人在未知的地方等着你，与你相遇，与你相识，与你相知，与你相爱，这就是神奇的缘分之魅力。

最奇的是相遇，最难的是相知，最苦的是等待，最美的是幸福，唯有懂得珍惜，才配拥有。

真正的缘，不只是给对方留下美好的第一印象，也应该是对方认识你很多年后，他仍喜欢和你在一起。真正的缘，不只是瞬间吸引对方的目光，而是对方熟悉你后，依然从心底欣赏和赞美你。真正的缘，不只是初次见面就有相见恨晚的感觉，而是历尽沧桑后还能说出"认识你真好"。真正的缘，不是来得早，而是来了以后不再走。

生命是一场没有返程票的旅程。每天的遇见，既是苍天安排的缘，也是我们努力期待和坚守的缘。

遇见是一种美丽的缘分，紧握你的手，相依相伴。遇见了，就用我们的一生去坚守。能够被人坚定地选择，是一件特别幸福的事。希望每一个重情重义的人，都被深情以待。

知己无价

朋友易得，知己难求。普通朋友容易遇见，可是，懂得你的性格、品性、志趣、价值、事业、初心与操守的人，却并不多。无论是过去还是现在，知己都一直是可遇不可求的宝贵财富。

知己是走进你灵魂深处的那个人。知己能读懂你的快乐和忧伤，能分享你的落寞和彷徨，能包容你的个性，洞悉你内心深处的柔软和善良，能够理解你的欲言又止，心疼你的不容易，不必过多言语，彼此已懂得。

人都需要倾听和理解，也想要依赖和包容。拥有一个知己，可以与之分享生活中的喜悦，也可以互诉内心深处的烦忧。

知己，是一份永恒的牵挂。行走在俗世的尘烟里，随着岁月的流逝，人心难免会蒙上尘埃，褪去青春的烂漫纯真，沾染俗尘的烟火气息，不忘初心的能有几人？若能有一个人可以牵挂，始终保持着明媚向阳的姿态，于似水流年里殷殷守候，可谓非常幸运。

这世上的每个人都是独一无二的生命个体。知己，就是茫茫人海中的另一个自己，有相似的性情，有共通的心意，有着相同的喜好，向着共同的追求，人群中只需一眼便可以认定。往往你有什么样的知己，你就是什么样的人。有人说"好看的皮囊千篇一律，有趣的灵魂万里挑一"，能够与你相契合的灵魂更是可遇不可求。

知己，更让人拥有美好的情怀。有的人比较幸运，遇到了一个甚至几个知己。而大多数人，一辈子都在寻找一个知己，正所谓"万两黄金容易得，知心一个也难求"。

只要相信，在这世界的某个角落，会有一个与你相近的灵魂，会在某年某月某日与你相遇，心中便充满了希冀。

知己，是彼此尊重的，不占有，不依附。彼此欣赏又保持距离。恰好的距离属于知己。

知己，是相互吸引的。无须刻意牵引，有缘的人自能穿越千山万水来相会，无分的人即便朝夕相对也未必能成知己。知己能看到你的好，亦能理解你的苦，即使是一个眼神，一段言语，一个动作，也能从中看到最真实的那个你。

如果你想要一个知己，就要学会欣赏、理解和包容，也要学会尊重彼此的距离以及各自的生活与情感空间。

如果你想要一个知己，就要懂他。透过文字走进他的内心世界，读懂他的喜怒哀乐，静静地倾听，进行心与心的交流。

知己，贵在珍惜。人生能有一知己，便是莫大的缘分。此生，你若能遇见这样的知己，一定要好好珍惜，因为一转身，可能就是永远的离别！要珍惜走进你灵魂深处的那个人。

知己就是你人生长河中最为靓丽的青春芳华！知己就是一首古老的歌谣！知己就是一幅隽永的水墨丹青！知己就是我们生命力量的拓展！

知己如歌，百听不厌！知己如诗，意蕴十足！知己如山，永远挺立！

懂 得

　　懂得，是彼此心有灵犀一点通的默契，也是无须言语的共鸣。懂得，既是人格的认可，也是价值的认同，更是灵魂的摆渡。懂得，既是惺惺相惜，也是志同道合，更是情投意合。

　　因为懂得，所以才有四海之内皆兄弟。因为懂得，所以慈悲。因为懂得，所以珍爱。其实，懂比爱更重要。因为，爱，不一定懂。真正懂你的人，无须多说，只一抹微笑，一声问候，一个眼神，便会风轻云淡，踏实心安。

　　懂得，是世界上最温情的语言和心灵密码。懂得，是岁月的修炼，宛如湖水知道月的冰冷和柔美；懂得，是心灵的一种呵护，犹如微风抚过琴弦，进而迸发动人的旋律，跌宕起伏，又刻骨铭心；懂得，是生命的一道风景，恰似花儿摇曳在风雨中，却又盛开在柔软的心尖。

　　我理解的所谓"懂你"，并不是指对你的信息了如指掌，而是当所有人都以为你快乐的时候，只有他理解你笑容背后的经历！

　　诗人徐志摩说："我懂你，像懂自己一样深刻。"简短的话语蕴含了心灵的共鸣和灵魂的契合。因为感同身受，所以知你的负累与悲欢，懂你的苦衷；因为深有感触，所以心疼你的良苦用心，珍惜你的情真意切。

　　这世界总会有一个人，懂你的言外之意，懂你的欲言又止，懂你的强颜欢笑，懂你的欲罢不能，懂你的在乎与不舍。

　　诗人说，一种友情，当你需要的时候，会默默来到你身边，他的眼睛和心能读懂你，更会用手挽起你单薄的臂膀。这就是一种缘分，这就是一种执着。这是一种无穷的力量，更是一种理解与莫大的信任。正是因为这种力量、理解、信任，我们人类才多了一分温暖与希望。有了这样的温暖与希望，我们的友谊与情感才会弥足珍贵。

因为有人懂，情怀可以诉说，痛苦可以解脱；因为有人懂，孤单时有人相伴，无助时有人安慰。因此，懂得是开在人们心灵深处最美丽的花朵，这花朵总是发出迷人的芬芳，从而馥郁我们的心田。

作家铁凝说："所谓'聊得来'的深层含义其实是：读懂你的内心，听懂你的说话，与你的见识同步，配得上你的好，并能互相给予慰藉、理解和力量。"可见，懂得你的心灵密码，是一种持续不断的力量，这种力量往往来源于你对朋友的懂得，也来源于朋友对你的懂得，这就是一种彼此心灵感应和共鸣的力量。

爱到深处，是无语；情到浓时，是眷念。

时间老人会告诉我们，简单的喜欢最长远，平凡中的陪伴最心安，懂你的人最值得珍惜。

懂得风起的日子，静看花开花落；懂得雪舞的日子，举杯邀明月；懂得细雨霏霏的日子，为你撑伞；懂得烈日炎炎的日子，为你送来清泉。

懂，是通往心灵的彩虹，引起持久不衰的共振。

因为懂得，所以包容；因为懂得，所以同心。

懂得，是生命中最美好的相通，也是最深刻的感动。

因为懂得，所以热情；因为懂得，所以慈悲。

懂得是检验友情是否真诚和忠诚的试金石。因此，千万不要对不懂得你的人抱任何幻想和希望。

人的一生十分短暂，无论你处在顺境还是逆境，一旦遇到懂得你的文化观、政治观、事业观、婚恋观、家庭观、生活观的朋友，就一定要心怀感恩，倍加珍惜。

财富不是永远的朋友，朋友却是宝贵的财富。你遇见懂你的人，就获得了人生最宝贵的财富。因此，你要像珍惜生命一样，珍惜懂得你的人！

时间会检验一切

时光，它永远不停留，把那年华都带走。岁月如刀，刀刀催人老。一切承诺和誓言都是在特定环境和特定时间之内做出的表达。这种承诺与誓言，至少在当时是客观存在的、真实可信的。但是，很多承诺与誓言往往经不起时间的检验。随着时间的推移，许多信誓旦旦的承诺变成了真实的谎言，许多山盟海誓变成了昨日的黄花。

我也得到过很多人的承诺，也听到过很多人的誓言。而今，承诺变成了空头支票，誓言变成了令人啼笑皆非的谎言。所以，我不再相信任何人的承诺和誓言。从时间和空间概念而言，我更相信实际行动，更相信签字画押的合同。现在，很多人缺乏契约精神，没有诚信和荣誉意识。有的人在需要你时，甜言蜜语，磕头作揖；不需要你时，人都见不到。有的人闪电式结婚，尔后又闪电式离婚。有的人前几天还在一起吃喝玩乐，隔几天又打得头破血流。有的人即便是签了合同，也不去履行。

我越来越不喜欢人多的场面，可能是老之将至，总是喜欢安静，喜欢独处。因为，我深知，喧嚣，总会归于宁静；热闹，终会安于静谧。时光是一剂良药，可以治愈我们内心的荒凉和不安，陪伴我们成长，让我们学会懂得人生的种种境遇与不易，让我们学会理解活着的价值和意义！

我们也不需要三分钟的热度，因为一时的热情不会成全持久的情谊，无法抵达心灵的彼岸；持续的热情，才会点燃生命的火焰，拥抱心中的暖阳！岁月，会留下珍爱，会收藏在乎。把真情留在冬日暖阳，岁月静好，山花烂漫！

生命的底色必须是朴素、自然和本真的，乃至善良的，否则，就会滋生太多的谎言、欺骗与荒诞不经。因为短暂的虚情假意总会败给时间的真实。那些热闹繁华时陪在你身边的人，在你失意时，不一定还会守护在你身边；那些在你荣华富贵时鞍前马后的人，在你落魄时，不一定还会为你奔波；当你貌美如花时，给你怀抱的人，在你年老色衰时，不一定还会给你微笑。时间，最终会给你一个真实的答案！

有时候，我们会被热情遮住双眼，也会被虚伪蒙蔽心灵，迷失理智，轻信谎言，做出错误的判断。可能人生就是要经历多了，才会觉悟和成熟。

的确，我们也需要用时间去判断真伪。好在，留下来的真情，是我们人生的财富。陪伴我们一生的，是时间过滤后的情义，这分情义重如泰山，耀如日月星辰。失去的，终归要释怀；得到的，务必要加倍珍惜。

我们都是人间凡胎，没有火眼金睛，没有睿智的头脑，在"糖衣炮弹"面前，失去了辨别真伪的能力。别担心，时光会过滤真伪，岁月终会沉淀真情！如果辨不清真心实意和虚情假意，就不要轻易相信诺言，不要轻易安放信任，把这些都交给时间，时间老人终会给你回应，那时便是岁月静好，静待花开！

珍惜对你好的人

大千世界，茫茫人海，两个没有血缘关系的生命个体遇见，并相知、相惜、相悦，这个概率是非常低的。然而，许多人却恰恰遇见了，而且有的成了熟人和同事，有的人成了挚友，有的人成了知音，有的成了恋人，有的成了白首不相离的夫妻……这一切，归结起来，只因为两个字，那就是看不见、说不清的缘分。相识就是缘，相聚就是分。既然有了缘分，就应该珍惜，我们理应像爱护眼睛一样去珍惜遇见的每一个朋友。

人生是一场没有返程的旅行；人生就是一场戏，我们每天都在演出，但人生永远没有彩排。如何把我们没有返程的人生旅行走好，如何演好我们没有彩排的角色，值得我们深刻思考，以免将来追悔莫及。

花凋零了，还会再开；太阳落下了，还会再升起来；钱财失去了，可以再去挣；这趟班车远了，还有下一趟；人远了，可能再也找不回来了。对你用心用情、掏心掏肺好的人真的不多，我们没有理由不去好好珍惜。

世界这么大，有人对你好，是你的骄傲。人心如此小，有心装着你，是你的自豪。

这世上，钱能买得起任何奢侈品。但是，无论用多少钱，也无法买到一颗真正在乎你的心。

珍惜别人对你的好，是一种感恩，是一种情怀，一种修养，一种对历史和人性的尊重，一种对友谊价值的认同。愿我们珍惜生命的苦难、甜蜜与痛苦，因为这一切最终都将成为我们生命回望的历程与风景。

人与人真挚的情感交流是人性的靓丽风景。能够遇到从灵魂深处尊重我们、关爱我们、没有物质利益交易的朋友，我们不但要庆幸和感恩，更要珍惜。珍惜人生中的一切美好，就是在珍惜我们的宝贵生命。生命是有长度的，而这个长度也是有限的。因此，我们应该增加生命的厚度。我以为增加生命的厚度，最基础的就是要珍惜生命中的一切遇见。因为珍惜，可以启迪我们的心智，坚定我们的信念，积淀我们的正能量，丰富我们的内涵，丰满我们的羽翼，积累我们的收获，激荡我们的青春活力，丰盈我们的精神沃土。到生命的最后一刻，我们可以问心无愧地说，我的人生无悔！因为人生就是一场盛大的遇见，我已经珍惜了值得珍惜的生命过往，特别是那些在乎我们的人！

自带光芒的人

自带光芒的人，是有底气、正气、灵气、骨气、血气的人；自带光芒的人，就是具有自信、满满正能量的人；自带光芒的人，就是志存高远，具有蓬勃朝气、昂扬锐气、浩然正气的人；自带光芒的人，就是为天地立心、为生民立命、为往圣继绝学、为万世开太平的人。

我欣赏、喜欢、尊重、钦佩自带光芒的人。无论你是处在生命的低谷，还是在人生的阴霾冬日，因为你拥有自带光芒的朋友，你依然会感到人生的温暖和前行的力量。

自带光芒的人，宛如一束鲜花，犹如一道彩虹，亦如宁静的大海、温暖的晨曦。他们可把巨大的责任扛在肩上，让灿烂的微笑漾在脸上，把玫瑰捧在掌心，赠予一路同行的人。

每一个人都有自己的个性与特色。在漫长的人生旅途中，谁都需要信任、温暖、疼爱、关怀与懂得，而自带光芒的人，往往就是给你信任、温暖、疼爱、关怀与懂得的人。他们犹如寒冷的冬夜里，燃在你身边的炉火，为你的生命带来希望的光和温暖的爱，让你在最孤寂无助的时候感动得热泪盈眶。

人生中能够遇到自带光芒的人，是一种缘分和福气。我们应该由衷地感谢那些自带光芒的人，他们宛如闪电，驱散我们头顶的阴霾，瞬间照亮我们的星空；他们宛如雨露，滋润我们的心灵；他们宛如和煦的春风，拂走我们心上的尘埃……

教养是最好的通行证

  好的教养，是一个人成就事业，赢得组织和群众认可的人格基础。养成良好教养的基础是必须具备孝敬、礼仪、尊重、包容、大气、担当、勤奋等方面的美德传承。养成良好教养，关键是正能量的日积月累与日常践行。

  一个让别人感受到尊重的人，就是一个有教养的人。教养与学历、权势、地位、金钱等没有必然联系，但是与文化和文明有关。文化是文明的基础，也是教养的基础。一个文明的人，往往有文化。因为文明的人已经把文化转化为文明的思维、观念、价值、行为和习惯。我尊重有文化、有学问的人，我更敬仰有文明素质和文明习惯、文明行为的人。因为文明的人，往往是海纳百川、厚德载物的人，也是谦逊低调、不卑不亢、行稳致远的人。

  一个有教养的人，往往是能够换位思考和将心比心的人，因而，他们做出的方案、计划、决定，往往会得到群众的赞成、拥护，进而能快速实施起来，收到事半功倍的效果。

  一个没有教养的人，往往以自我为中心，自由散漫，唯我独尊，自命不凡，自我标榜，自我陶醉。

  一个没有教养的人，往往居功自傲，好大喜功，哗众取宠。没有教养的人，喜欢遇到困难就躲，缺乏起码的担当；遇到与自己利益相关的事，就削尖脑袋往上冲。没有教养的人，把发扬风格、见荣誉就让、见困难就上的人当成傻帽。

  一个有良好教养的人，不会是喜欢吹毛求疵的人，他们对一件事、一个人的评价会客观、公正、实事求是。一个没有良好教养的人，往往喜欢鸡蛋里挑骨头，喜欢妄自尊大，喜欢颐指气使，喜欢把问题过错推给别人，而把成绩荣誉归为己有。

一个有良好教养的人，往往是一个具有大局意识、甘于吃亏的人，他们不会见利忘义，更不会斤斤计较于得失。

一个没有良好教养的人，往往会拈轻怕重、避重就轻、投机取巧，以获得利益最大化为目的，久而久之，这样的人最终会堕落。

有良好教养的人，是文明守信的人，是传承文明的人，值得我们尊重。我们要旗帜鲜明地反对一切自私自利、急功近利、唯利是图、自我膨胀的行为，大力倡导我为人人、人人为我的奉献精神，大力营造事事、时时、处处为他人着想的浓郁氛围，引导大家牢固树立正确的世界观、价值观、人生观，为把我国建设成为富强、民主、和谐、文明、美丽的社会主义现代化国家贡献智慧和力量。

无论社会发展得多快，无论社会文明程度有多高，人们都应高度重视家庭美德、社会公德、职业道德、个人品德教育和日常养成。只有全社会都来关心、支持、助推良好教养的培育和践行，我们的社会才会建设得更温暖，更友好，更和谐。唯有如此，我们这个社会才会风清气正、海晏河清。

畅想人生

　　人生，是生长、成熟、发展、追求的过程，是从呱呱降生到生命终结的过程。这个过程中的重要环节，比如家庭环境、学习环境、工作环境不一样，生命的轨迹和结局也会千差万别。要想自己的人生精彩和完美，必须在青少年时期夯实基础，砥砺奋进。

　　人生路，需要不断前行和跋涉。旅程中会有不断的遇见，途中自然会有花开的欣喜，也有花落的愁怨、草木的深情、阳光的沐浴、不期而遇的温暖，还有转身离去的背影。生命，是一圈岁月的年轮，更是一种探索和创造。

　　经历就是一笔宝贵的财富，经历得多了，积累的财富也就更为丰盈。正是因为经历得多了，才会越来越感受到人生的艰辛与不可预见性，也越来越能够理解面临选择时的无奈和无助，你就不会再因想要却得不到而沮丧，也不会再为你走不进别人的生命里而遗憾，逐渐学会坚韧和勇敢承担，内心变得更加强大，目标更加坚定，前进的步伐更加坚实。这时，你的人生已经进入云淡风轻、处乱不惊的成熟期。

　　虽然我们多是凡夫俗子，但是我们也是一个独立的、不可替代的生命个体，我们同样有憧憬、梦想、理想、信仰，我们的精神世界同样万紫千红、百花争妍。虽然我们平凡普通，但我们善良、悲悯、勤劳、勇敢、爱憎分明，不趋炎附势，不攀龙附凤。我始终相信懂你的人不用刻意解释，不懂你的人解释也是对牛弹琴，只要我们问心无愧即可。就自身而言，我的确不完美，但我真实、真诚。虽然我不出众，但我不虚伪，坚持与人为善，轻松地过，简单地活，不将就，活成了自己喜欢的样子。同时，懂我、在乎我的人也喜欢我的样子！对此，我很欣慰！

做事要坚持循序渐进的原则，切莫急功近利和好大喜功。生命的进程是一个积累完善的过程，不怕步子小，也不怕走得慢，只要步履稳健，只要方向正确，就能走向生命的精彩！

世界很大，诱惑很多，我们要经得起各种名利和成败的考验。

一个人既要经得起繁华万千，也要守得住万分寂寞。真正的修行，在平凡的生活中，在市井烟火中。洗涤心灵的尘埃，打扫灵魂的空间，承担起自己的道义与责任，不断丰盈自己，增长智慧，保持内心的宁静，不断向着阳光的地方前进，你的心就会始终春暖花开。

人生的幸福，一半要靠自己去创造，一半要随缘。创造，就是在继往开来的路上有新的探索与突破。随缘，是与岁月握手言和，学会知足惜福、知恩感恩。

人要学会爱自己。心累的时候，去散散步、听听歌、打打球、游游泳、跳跳舞，放飞心灵，烦恼就会烟消云散。爱人先要爱自己，如果等待的人没有来，就坚持做自己喜欢的事，让自己变得更完美，才能拥有更好的生活，遇见更好的人。

人生中所有的经历最终都会变成过往的风景；生命中所有的过往，都会变为一种恩赐。生命是一场感悟。只要你快乐着，便是安恬；明亮着，便是温暖；感动着，便是美好。这一生，愿君努力做一个灵魂花香充盈的人，馥郁芬芳，四季盛开。幸福得像花儿一样，岂不美哉！

人生就是一场盛大的遇见

世界那么大，人生无常，很多事难以预料。一辈子到底要遇见哪些人？哪些人会如过眼云烟？哪些人会让你过目不忘？哪些人会永驻你的心间？哪些人会成为你的知己？什么人会与你生死同心？什么人会陪伴你终身？

投缘的人，会让你相见恨晚，一见如故，难舍难分。无缘的人，会与你失之交臂，永远陌生。

缘的最佳境界是情投意合、志同道合。有了远大志向的人，心里装着的就是家国情怀、仁者无敌、智者不败。

一个人，一生中会遇见的人很多，但惺惺相惜、心灵共鸣、价值认同、包容信任、忠诚坚守、雪中送炭、肝胆相照、患难与共的人并不多。所以，知己难得，得一知己而又善始善终的则更难得。正因为如此，我们才会无比珍惜那些与我们灵魂相通的人。

这个世上最美好的事，不过是有些人能与你心灵相通，与你一起分享生命中的美妙和感动。这正如席慕蓉诗中所写的："我只能来这世上一次，所以，请再给我一个美丽的名字，好让他能在夜里低唤我，在奔驰的岁月里，永远记得我们曾经相爱的事。"

其实，一个人成长的每一步，都是一场别离。黎明到来，黑夜便会过去；春花开了，冬雪就要融化。我们想要拥有当下，昨天便已慢慢逝去；我们渴望拥抱未来，就要向今天挥手告别。如果说开始是一场遇见，那么结束便是一场别离。不管是亲情、友情，还是爱情，无不是一场渐行渐远的盛大旅程。

世上最残酷的真相就是，我们再也回不到昨天。逝去的时间，过去的事，离开的人，一旦失去，便永不再现。人生就是一段不断向前的旅程，生命没有永恒，唯有珍惜。

时光留不住任何人，哪有什么离不开的人、过不去的坎？在时间面前，一切都会成为来不及伤悲的历史。遇见的大都会离开，拥有的会失去，我们曾经以为恒久的东西，也会悄然逝去。

世上原本就没有什么是绝对永恒的，沧海会变桑田，繁华也会成荒芜。恒久不变，不过是时间不够长，年华尚未老。

人的一生，犹如四季轮回。春暖花开、夏日炎炎、秋叶静美、冬雪飘飘，这些流逝的风景，也许下一刻就飘逝无痕。要知道，当下即为最美，拥有便是一切。

昨日不会重现，生命不能再来。一些该拿起的要拿起，一些该放下的要放下。行走世间的我们，只需带上一颗简单快乐的心，一切就都是幸福的模样。

如果离别不可免，如果彼岸没有花开，请不要悲伤，也不要哭泣，更不要怨天尤人。告诉自己，我来过，我爱过，曾经拥有就是幸福的一生。

时光漫漫，岁月悠悠，有多少过客，就有多少归人。当往事如烟，当繁华落尽，请记得人生中最美好的事，不是遇见，也不是重逢，而是在离别中没有遗憾。

其实，今天的别离，就是为了更好的遇见。与秋别离，是为了遇见更美的冬雪；与爱别离，是因为有更爱的人在等你；与过往别离，可以走向更加美好的未来。

人生是一场盛大的遇见，生命最终是一场别离。趁着梦想还在，趁着时光未老，去遇见该遇见的人，也去爱该爱的人，只要别离没有成为一生的遗憾，就是精彩和无憾的一生！

在水一方

情感遐思

第 三 辑

徜徉在情感的海洋

人是有情感和思想的高等动物。情感丰盈了我们的精神，让我们有了诗与远方；思想深刻了我们的认知，让我们有了仰望星空与信仰的坚定。唯有把情感与思想深度融合，我们才能成为一个有血有肉、有风骨、有定力、有内涵和有灵魂的人。只有当你成为一个情感与思想统一的人，才能成为一个有人格魅力的人，一个有气息、有温度的智者。也唯有如此，你的情感才会笃定、专一、忠诚，你的思想才会深邃、深刻、深远。

深秋的窗外，万籁俱寂，情感的飞舟划过思想的海洋。在水一方的佳人，你也是与我心有灵犀的吗？依稀记得，你曾说："千山雨雪，情归一心。"我回道："落叶枫林，再无二意。"这些美如秋水的情意，是我们昨天的美好记忆。而今，我们天各一方，千种心思，唯托鸿雁传意。

如果遇见是一种疼痛，我宁愿下辈子依然为你锥心刺骨地疼。如今，青春的情愫已吞噬我的躯体，以唯心是佛的禅悟打坐，羽化悟情，静思禅心。空谷幽兰，我钟情执念无悔，这就是我青春的记忆与修行。

哭泣的黄玫瑰像一首情歌，在你的粉色裙子上纵情跳舞。我走在一个人的红尘里，一次次把你的名字念起，是呓语的温度太低，还是你曾来过，而我却忘了和你相依？

我的生命里，你来过，我记得。这是我的寂寞，以前的我逃不过，以后的我也难以抵挡。

我曾千万次地深思，情感不仅是彼此勇敢，更多的是你情我愿，来不得半点儿敷衍与欺骗。情感不是儿戏，也不能一蹴而就，更不能朝发夕至。

人心，都是因为距离而渐渐走远的；情感，都是这样慢慢冲淡的。有多少人的离去，是不被对方在意和珍惜的；有多少情的放弃，是觉得不值得的。主动，换不来心动；在乎，得不到看重。眼里没你的人，你也不必放心里；情里没有你，你何苦一往情深。朋友不是嘴上说，而是实际做；情感不是一人珍惜，而是两人执着坚守。

有些缘分失去了，但情难收；有些伤害虽然看不见，但心很疼。如果习惯了不该习惯的，那就是悲催；如果在乎了不该在乎的，那就是无益。不要对傲视你的人心软，更不要向不疼你的人祈求。总有一些名字舍不得删去，总有一些人不忍心放弃，因为有疼痛与幸福的回忆；总有一些曾经再不能忘记，源于温暖的交集。也许一辈子再也不联系，却会把对方深藏心底；也许不再有心动，可再度想起，依旧心痛，这就是真情的无奈。

留下一个永不更改的位置，看着，想着；刻一个遥远却清晰的名字，记着，念着。不是不想，只是不再打扰；不是不爱，只是不再期待。舍不得的不是名字，而是那个曾经心动、心仪、心疼的人；忘不了的不是曾经，而是情感的芳菲。最痛的结局，就是人走了，情还在；时过境迁了，心依然没变。无论何种情感，要走的人终留不住；不走的人，心永远属于你。

曾经沧海难为水，除却巫山不是云。一切过往，皆为序章。一切美好，都是财富。有了这些财富，人生方有意义，生命才会有感动和精彩。为了生命的感动与精彩，我纵情徜徉在情感的海洋里，沐浴芬芳，在思想的太空里遨游激荡！

情　悟

《新华字典》中这样解释"情"：从外观感觉引起的喜怒哀乐。望文生义，"情"应该是用心去支撑思维与行为，产生浪漫的内心感受。

人间万物，皆有因果。从哲学、人类学、社会学和心理学的层面综合分析和推断，人与人之间，关键在于彼此欣赏，才会有持久的吸引力和交往力；朋友与朋友之间，在于不断联系，才能增进情感，疏于联络会产生距离，距离远了，情感就淡了；心与心之间，在于心有灵犀，心有灵犀，再远也会有心灵感应和灵魂相交；爱与爱之间，关键在于真挚，真挚可以消除误会；情与情之间，关键在于温暖，有了温暖，就可以化解冷漠隔膜，让心灵通达。一分缘，无须策划与设计，更无须造作；一分情，贵在简单和持久的坚持；距离，根据客观需要，可近可远，只要彼此挂念，哪怕天涯海角，也会是最好的灵魂陪伴；关系，可好可坏，关键是畅谈欢喜，能推心置腹，就是最好的知己；感觉，可浓可淡，只要舒心愉悦，就是最好的默契；相守，可长可短，关键是两情相悦，即使贫穷和病痛也不会分离。感情不是游戏，谁也伤不起，所以，不要总是以自我为中心；人心不是石头，谁都疼不起，该柔软就得柔软，对自己心爱的人柔软，不掉价，不失分。好缘分，凭的是真心诚意，不需要半点儿虚假，更不要装腔作势；真感情，要的就是心灵共鸣，灵魂相伴，不离不弃。誓言再美，也只能片刻满足，根本敌不过一颗融入生命的心；承诺再多，也比不了一个用心疼你的人。然而，现实中，有很多感情经不起风雨，经不起平淡，经不起离散，经不起时间的考验。原因很简单，他们缺乏敬畏心和责任心，思想很狭隘，行为很自我，心灵很空虚，灵魂很无依，信仰很缺失。

人心可鉴，银河可跨。真爱没有距离，因为它一直在忠诚里、灵魂里、信仰里；相守时，彼此善待，离别时，互相祝福。哪怕今生不再相见，心中那分美好也应该好好珍藏，把它收藏在时光的宝匣里。

真情永恒。祝福天下有情人终成眷属，长久相伴走神州，永结同心游四海！海枯石烂，天荒地老，真情不灭！真情宛如天地之灵气、日月之精华，滋养人们的心田，启迪人们的心智，净化人们的心灵，陶冶人们的性情，坚守人们的信仰……只要真情常在，人间就会充满爱，我们就会在爱的阳光里沐浴，在爱的田野里漫步，在爱的花海里畅游，在爱的故事里陶醉，在爱的经典里不朽！

遇见你真好

遇见你，宛如在书店里寻觅到一本深爱的读物。你就是我的一部心仪的书，越读越有韵味。

遇见你，就是遇见心仪的风景。你就是我眼中最靓丽的风景，有春花，也有秋月。

遇见你的时候，正是丹桂飘香的时节，有草的金黄，有山的丹红，有星的寒光，有月的皎洁，有天的碧蓝，有云的淡白，像一首浪漫的诗，像一曲轻柔的歌，像一条清澈的溪流，在我无瑕的心里漾起涟漪。

遇见你，有真诚，有友爱，有相思，有期盼！

遇见你，我的世界里绽放出一片灿烂和微笑，我的生活就像花儿一样溢满芬芳！

遇见你，是我一生的幸福。在并不特殊的日子里，你就那样悄无声息地走近了我，走进了我的视线，走进了我的世界，走进了我的灵魂，走进了我的信仰！真的，亲爱的，今生遇见你真好！今生有你真好！

爱的断想

爱，是两个独立生命个体在思维、理念、信仰方面，还有生活方式与事业目标等方面产生的共鸣，彼此高度认同的情感活动和灵魂皈依，更是彼此世界观、价值观、人生观的高度契合。

爱，是人类最高级的情感感知、认知、体验、感悟与实践。爱是人类最纯洁、最高尚的情感活动，具有很强的可变性、复杂性。爱可以让两个人心情愉悦，生活甜蜜，充满活力与希望。爱的度把握得不好，也会让爱或者被爱的人失去理性，甚至疯癫。理性的爱、有目的的爱、为了建立合法婚姻家庭的爱才是理智的。不以追求物质为目的，以情感为基础，以事业为依托，而又忠贞不渝、白头偕老的爱，是我们倡导和赞美的。仅仅为了满足虚荣，寻求新鲜和刺激的爱是畸形的，是不道德的，是我们坚决反对的。

郭沫若曾说："假使春天没有花，人生没有爱，那到底成了个什么世界。"真爱是灵魂的皈依、智慧的碰撞，它会让相爱的人情投意合、心心相印。如果没有情感作为坚实的基础，一切以物质、颜值、地位等为基础的爱，则难以经得起时间、困难和特殊情况的考验，往往最后各奔东西。

假如你真爱上了一个人，那一定是一场心灵的共鸣。

真爱只有时空的距离，没有心灵的距离。真爱宛如一首歌谣：在看得见你的地方，我的眼睛和你在一起。在看不见你的地方，我的心和你在一起。正是因为真爱，才有了布里姬特·哈曼的《茜茜公主》，夏洛蒂·勃朗特的《简·爱》，托尔斯泰的《安娜·卡列尼娜》；因为有了爱，才有了罗丹的著名雕塑《吻》；因为有了爱，才有了戴望舒的《雨巷》，才有了徐志摩的《再别康桥》，才有了舒婷的《致橡树》，才有了席慕蓉的《一棵开花的树》；因为有了爱，才有了凡·高的《向日葵》……因此，爱是许多小说、戏剧、诗歌、书法、绘画作品产生的源泉。因此，正是人间充满了爱，世界才变得更加美丽和五彩缤纷。

爱是神秘而又高尚的，无论是一见钟情，日久生情，还是天涯海角的两地相思，都构成了生命长河中最绚烂、最入心入魂、最优美的风景。有了这样的风景，我们的人生才会完美并有意义。

无论爱的长短，只要是真爱，都值得人们去尊重和珍惜。因为，正是真爱激起了你爱他人和无私奉献的能力，释放出了人性的光辉，激发了生命的情愫，唤醒了你生命中被人所爱的记忆。

爱是一种最美的臣服，不要因为任何理由和外在的困难而有意错过真爱。有些爱，一旦错过，就是你一生的悔恨。

世间的爱有不同的方式，这是爱的个体差异而引起的爱的表达方式的不同，但是，爱的本质却是一致的。那就是心仪、尊重、责任、使命和真诚。

逝去经年，穿越岁月的沧桑，穿越时光的隧道，我们终于又在人生的青春岁月中再次相遇，这样的相遇就是灵魂的皈依、灵魂的升华。无论过去多少年，我们灵魂共鸣的时光都将化为我们人生星河中最为璀璨的光芒，这就是情感之花的绽放，这就是人生芳华的舞姿！

在水一方

心有千千结，北国有佳人。面如桃花常含笑、心似明月永无尘的你，就是在水一方的北国佳人。你冰清玉洁的生命诞生在远山如黛、春来江水绿如蓝的松花湖。中学时代，你到了森林环抱、暮鼓晨钟的净月潭。大学时代，你到了春城古木参天、风景如画的南湖。大学毕业后，你到了清风明月的清湖、文心雕龙的晏湖。而今的你，定居在烟雨蒙蒙、风光旖旎的珠江畔。

人生就是一场盛大的遇见，感恩上苍让我在茫茫人海中遇见你。回首第一次走近你，听见你怦怦的心跳，让我脸红；闻到你空谷幽兰的馨香，让我感受到一眼千年的迷醉。逝去经年，再一次目睹你绰约迷人的风姿，你恰似一朵出水芙蓉不胜凉风的娇羞，你高雅的气质在我的心灵深处永远定格。

岁月静好，把你我的青春记忆深度聚焦。为了不能忘却的纪念和无价情义的沉淀，为了怀想南国花城听雨轩的一帘幽梦，为了定格重画英格兰温泉山庄的双星伴月，为了我们前世今生的生命奇缘，谨以"在水一方"作为我最新出版的散文集的名字。

一直想为你写一首赞美诗，题为"海的女儿"，可是觉得有点儿俗气，很难彰显你腹有诗书气自华的睿智与梅骨兰风；亦想取名"海的心"，却又觉得太深沉，且无法抵达你深邃的思想和灵魂的彼岸。反复琢磨，唯以"在水一方"作为书名，不仅清新脱俗，而且能让读者看见那个在水一方的清纯佳人。

在我记忆的胶片里，你的歌声总是余音绕梁，醉人心神；你的举手投足，总是那么端庄得体，自然大方，张弛有度，令人心旷神怡。你的舞步，如行云流水，时而激越豪迈，时而热情奔放，恰似舞动连绵的波浪，将你的热情释放。你是那样的优雅迷人，美艳动人，不仅迷醉了海上明月，也惊艳了我的双眼，震动了我的心魂，复活了我的青春。我岂能不为你歌唱！

你的旋律，节奏明快，时而如朗山俊俏，时而如秀水飘逸，款款深情，由远及近，逐浪翻滚，酣畅淋漓，水乳交融，激情澎湃。我岂能不为你点赞！

你的观众，汇集大江南北，或聚或散，忽远忽近，有悲有欢，或许能感染你的似火热情，或许能感知你的包容大度。我岂能不为你祝福和祈祷！

一切的世俗和凡夫俗子，均与你格格不入，他们根本走不近，看不清，更读不懂你的顾盼生辉和清风雅韵。真正能懂你的，或许只有你自己，因为你是名副其实的绝代佳人。我岂能不为你骄傲和自豪！

此情此景，不仅让我浮想联翩，也让我想起了琼瑶的唯美歌词："绿草苍苍，白雾茫茫，有位佳人，在水一方。绿草萋萋，白雾迷离，有位佳人，靠水而居。我愿逆流而上，依偎在她身旁。无奈前有险滩，道路又远又长。我愿顺流而下，找寻她的方向。却见依稀仿佛，她在水的中央。我愿逆流而上，与她轻言细语。无奈前有险滩，道路曲折无已。我愿顺流而下，找寻她的足迹。却见仿佛依稀，她在水中伫立。绿草苍苍，白雾茫茫，有位佳人，在水一方。"

时光不老，岁月不居，经典不衰。往事随风而逝，唯有经典和爱的传奇永存心底。君心似我心，你我只有时空的距离，永远没有灵魂的距离。你宛如一颗钻石，伴我走过千山万水，伴我虔诚地仰望星空。因为我知道，星空中那颗最亮的星星，就是你最迷人的眼睛。我坚信，哪怕物换星移，时光难倒流，我心中的那位佳人，依然在水一方！

心语心声

　　遇见温婉贤淑的你，既是传奇，也是缘分，更是福报。我站在缘分的渡口，回望过往，发现最美的风景唯有你。此生，我的生命因为有你而绚丽多姿。感恩在我生命孤寂苦难的岁月里，遇见自带光芒和如空谷幽兰的你。

　　我常常在想，总有一些相遇，总会被人群隔离分散，没有达到尽善尽美，令人伤悲，真是欲哭无泪，欲笑无声，好生无奈且无助。也许，这就是有缘无分。也有一些眷恋，被时光裁剪成山清水秀的风景。静默相对，无语缱绻。低眉处，暗香盈袖。记忆中的花，总会在青春无忧的时光里发芽。自从遇见你，我更加明白，真正懂得，无须华丽多姿，只求心安理得。隔着一帘烟雨，安静读一页你我的记忆时光。丝丝缕缕的心动，唇齿生香。

　　亲爱的，我们一路前行，一路想念，唯美着渐瘦如诗的时光，静好着岁月无痕的安寂。依风顺势，剪一段如花的岁月，将彼此的孤傲，矜持成远山黛绿。月缺，轻嗅满园落花香；月圆，静待千里共婵娟。对着你我的嫣然岁月落笔，从来无须刻意雕琢，也从来不必邀约客套。那些执着的心心念念，足以让心随意泼墨。邂逅，无声无息，唯有对你的珍惜在心底葳蕤生光。一蓑江南烟雨，一滴雨打芭蕉，一程雨巷回眸，便是一生的相伴。拢一缕花香润笔，铺一束阳光作墨。在一弦清音绕梁的聆听里，我将相知相悦泼墨成一幅浓淡总相宜的丹青画卷，把你我的青葱岁月如生命一般珍藏。

　　亲爱的，你若与我同心，百年好合，不离不弃，就让那些日积月累的怦然心动、宁静无语的岁月温润沉睡。然后，轻喟一声，你我的曾经，无论是欢笑、幸福的眼泪，还是短暂的误会、偶尔就事论事的争吵，都让人无怨无悔。感谢上苍，感恩大地，感恩流金岁月，竟然让你我的生命紧紧联动在一起，无论地老天荒，也无论命运多舛，我们都依旧心心相印，牵手同行，白首不相离，走过泥泞，跨过沼泽，淌过险滩，翻山越岭，走向阳光，走向我们的幸福春天！这是你我的共同承诺，也是我们的共同使命，更是我们毕生的追求与坚守！铿锵的承诺与行动，一定会幻化成我们未来的星辰大海！

爱的感悟

　　一个人到这个世界上来，其实就是为了寻觅另外一个人。只是那个人未必知道罢了。诚然，真爱一个人就是希望他好！只要他健康、快乐、平安、幸福，就别无所求。

　　为了自己所爱的人，你可以舍弃一切，可以为他拼命。随着时间的推移，我感觉，爱其实很简单。爱就是给对方自由和空间。珍爱自己所爱的人，便不要刻意去改变。爱也不要那么多，爱就是那么一点点，你用爱把对方的心一点一点填满，时间久了，你们就成了一个整体。

　　我尽管有点儿文化，也爱写点儿东西，但知道自己的层次并不高。因为缺乏落叶知秋、拨云见日的能力，所以，往往见海是海，见花便是花。唯独见了你，才有了心驰神往、魂牵梦萦的感觉。

　　相遇是上天注定的缘分，相知是上天给予的恩惠，相爱是前世心念的圆满。对你的爱，如果有轮回，我希望生生世世都能遇见你。

　　因为遇见了空谷幽兰般的你，才格外眷念细水长流；因为遇见了秀外慧中的你，才会去温柔你的岁岁年年；因为遇见蕙质兰心的你，才会倍加珍惜与你一起的时时刻刻；因为遇见重情重义的你，才会与你举案齐眉，白首不相离；因为遇见倾国倾城的你，才会对你才下眉头、却上心头地痴迷；因为遇见云水禅心的你，才会与你高山流水，琴瑟和鸣。

　　在爱的世界里，你我必须以清净心看世界，才会觉得世界皆静美；必须以欢喜心过生活，才会觉得生活皆美好；必须以平常心滋养高雅情趣，才会觉得情趣皆舒心；必须以淡然心度岁月，才会觉得岁月静好。一切美全是因为遇见了特别的你！

平时的爱比"5·20"的仪式更重要

在西方，表达爱的日子是 2 月 14 日，东方表达爱的日子是农历的七月初七。而今，一些年轻人又不知不觉中过起了具有谐音"我爱你"的"5·20"，或许这是因为很多人觉得表达爱的节日还不够多吧。不过，有一个特殊的日子来表达爱，既有仪式感，又有纪念性，更是人们深怀爱意的浓烈情愫的表达。《诗经》有云："执子之手，与子偕老。"白居易说："在天愿作比翼鸟，在地愿为连理枝。"三毛说："每想你一次，天上飘落一粒沙，从此形成了撒哈拉。每想你一次，天上就掉下一滴水，于是形成了太平洋。"木心说："我是一个在黑暗中大雪纷飞的人哪，你再不来，我要下雪了。"徐志摩说："一生至少该有一次，为了某个人而忘了自己，不求有结果，不求同行，不求曾经拥有，甚至不求你爱我，只求在我最美的年华里，遇到你。"这些入心入魂的表白，或含蓄，或热烈，终归凝成一句"我爱你"。

"我爱你"三个字明明是那么熟悉，而在现实生活中又似乎让人觉得有些陌生。不知从什么时候开始，我们羞于表达，常常忘记表达或者敷衍地表达。更有的人认为，夫妻、亲人乃至情侣在大庭广众中说"我爱你"是不矜持的、露骨的、张扬的。这不能不说是一种遗憾。

亲爱的朋友，不要让爱变成奢侈品，更不要让表达爱变成艰难的行为。"5·20"曾经不过是一个寻常的日子，因为巧妙的谐音，它已成为现如今约定俗成的告白日。

我们的工作压力大，生活纷乱，需要更多的休整空间，渴望更多的具有仪式感的节日，所以，"5·20"成为情感的告白日便应运而生。或许我们需要的只是一个节日的借口，实际上是想多一个仪式感来沟通互动，以便更多地参与和付出，感受人间温情与爱。爱，就要大声说出来！其实，爱不仅仅要敞开心扉说出来，更要用实实在在的行动来表达！在那些表达爱意的特殊日子里，我们要让所有爱我们的人都感受到我们的爱。

然而，有一个有趣的现象：或许是因为传统习惯，或许是因为工作和生活比较累，很多人在结婚前，对自己喜欢的人常常说"我爱你"。而婚后，因为年龄增长，儿女长大，"我爱你"的话基本上不说了，甚至觉得难以启齿了。现在的网络语言，对陌生人就叫"亲"，刚认识不久的人也叫"亲爱的"。可是，我们的亲人、恋人的称呼却被"你、嗨、嗯、喂"等没有温度、没有气息的冰冷的语言取代了。这是不应该的。亲人也好，恋人也好，更需要充满深情和爱意的称呼，称呼就是一种爱的表达。现实中，直呼其名的多半不亲热；称呼名字不叫姓的，多半关系亲近；只叫你名字最后一个字的，一定很亲密；常常彼此称呼"亲爱的""宝贝"的，应该已经是心灵相通的、能够共鸣的、不可替代的人了。

对亲人、恋人的爱不能仅仅局限在特定的节日，因为我们不可能天天过节，但是，我们要天天过日子。日子要过得无比滋润，就必须在每一个日子里把对方放在心里，对对方好，要用甜蜜的语言、鲜花、特别的礼物来表达和升华。千万不要把对对方的爱埋在心里，一直积攒到结婚纪念日、生日、情人节、"5·20"才表达。对爱的表达要成为生活的常态。比如：早上醒来，对自己的爱人说"亲爱的，早安"。通过微信说"亲爱的宝宝，早安"，对方会带着你的问候开心一天！对方出差，你多问候，他会觉得温暖。对方出差回来，你去机场或者车站接一下，他会感到温馨。对方出差回来，你亲自下厨，做一桌好菜，喝点儿红酒，对方会感觉幸福。对方获得了荣誉，你送一束鲜花，他会感觉无比快乐……说到底，爱，要在平时。只有平常日子在乎对方，爱才会长久地保持新鲜。如果仅仅指望特殊节日才给对方爱的表达，那么想让爱的海洋波澜壮阔是很难的。爱贵在平时，难在坚持，美在温馨。愿天下有情人不仅要成眷属，更要成不可替代的知己，把你爱的人当阳光，你会收获温暖！把你爱的人当月亮，你会收获温柔！把你爱的人当高山，你会收获依靠！把你爱的人当大海，你会收获包容！

爱的表达不是特殊日子里的专利，也不是年轻人和情侣的专利。爱是两颗心需要长期共鸣的火花，这火花，想要永不熄灭，唯有双方每天注入爱的燃料，这个燃料就是永不厌倦的表白："亲爱的，我爱你!"

最美的遇见

感恩在茫茫人海中遇见空谷幽兰、冰清玉洁的你。因为你是我最美的遇见，所以笃定执着，所以痴迷钟情。

最美的遇见是缘分，最美的呈现是自然，最有力量和最强大的美是无声。日月星辰，静美无声，要多么温柔有多么温柔，要多么温暖有多么温暖，要多么高远有多么高远。

岁月无痕，流水无情。世上哪有那么多岁月静好，只是因为有人在为你默默付出与奉献。

人的一生，应该有一些不朽的传奇，有一些值得追忆的往事。这些往事就是沉淀在我们心灵深处的那一往情深。

漫漫人生，总有一些故事成了我们心灵深处永不褪色的风景、永不淡忘的记忆，丰盈了我们的精神世界。

那些遇见都会在人间的过往中留下深深浅浅的印痕，有的路过一程山水便会烟消云散，而有的则会伴随我们一生，成为永不磨灭的追忆。

那些镌刻在心里的人或事，经受住岁月的洗礼和锻打后，依然让人刻骨铭心。人海茫茫，我们在这世俗里沉浮，每个人都可能有过一段难熬难言的时光，而那些在你最苦难的时候伸出援手的人，哪怕只是一个小小的帮助，也能让你刻骨铭心，常怀感激，这或许就是我们曾经过往的美好沉淀。最懂我们内心世界的人，能与我们灵魂共鸣，舞动生命，成就精彩，值得我们用一生一世的时光去守候。

人生在世，恰似草木一秋。当今世界，无论是人类世界，还是自然世界，很多变化是瞬间的，尤其是地震、海啸、泥石流、洪水等自然灾害，以及疾疫给人类造成的威胁是巨大的。也就是说，许多不确定因素对地球安全和人类的生存发展的威胁令人防不胜防。因此，往往许多的来日未必能长长久久。

谁也无法预料，下一秒幸福与灾难哪个先来。对于那个与你心灵感应、灵魂共鸣、生命舞蹈、风雨同舟、生死相依的人，我们务必珍惜。

最美的遇见不可能经常发生。遇见自己心仪已久的人，遇见在你人生紧要关头为你雪中送炭的人，遇见你负重前行时给你搭把手的人，遇见你落难时还陪在你身边的人，你应该高看一眼，厚爱三分，他们就是你生命中的伯乐、知音、知己、战友和亲人，这些人注定是你生命中的贵人。可遇不可求的贵人和值得付出一生去爱的人，一旦错过，那就是过错。唯有真心真意、用心用情、掏心掏肺、实实在在对待生命中最美的遇见。善待最美的遇见是一种感恩，是一种修养，更是美好的品质和高尚的人格。让我们对生命中一切最美的遇见深情致敬！

在水一方

第四辑

文化苦旅

参观冰心故居

　　2018 年 11 月 25 日下午，我怀着无比崇敬的心情到福州三坊七巷，参观了著名散文家、诗人冰心的故居。这里也曾是革命人士林觉民的故居。

　　走进冰心居住和学习过的紫藤书屋，看着那生命力旺盛的紫藤，仿佛穿过时光隧道，回到了金色的童年，耳旁又回荡起朗读《小橘灯》的读书声。时光能带走青春韶华，但是带不走美好的记忆。也就是从那时起，我便有了一个成为作家和诗人的梦。

　　我没有立志成为冰心那样的大作家，因为我缺乏先天的冰雪聪明和后天的书香环境。尽管如此，我从小做完课堂作业后，就广泛阅读唐诗宋词，还涉猎了一些小说。这些书籍丰富了我的见识，滋养了我的心灵，升华了我的灵魂。

　　童年的梦宛如一颗种子，一旦种下，只要勤于浇灌和施肥，便会长出沉甸甸的果实。在部队当兵，无论学习和训练多么忙，我依然坚持业余写作，陆续在《西藏日报》《青海日报》《吉林日报》《重庆日报》《解放军报》《后勤文艺》《重庆文学》《政工导刊》等报刊发表了大量文学作品，先后加入了长春市作家协会、吉林省作家协会、重庆市作家协会、重庆市杂文学会。通过写作，我陶冶了情操，开阔了视野，更新了知识结构，充实了精神生活，提高了形象思维能力，更涵养了我观察生活、体验生活、感悟生活、热爱生活、拥抱生活、讴歌生活的情怀。

　　2004 年转业到地方后，虽然大量时间我都在写公文，也很少参加重庆市作家协会以及重庆文学院的创作和采风活动，但是我依然激情不减，没有放弃文学创作，先后公开发表了 30 多万字的文学作品，近日由团结出版社出版发行的《楚风渝韵》，便是我不忘初心、笔耕不辍的结晶。

我始终认为，生命是短暂的，但是需要自己去用笔来表达和歌颂的生活是无限的。因此，我觉得，一个人无论从事什么职业，都应该始终如一地坚守和创造，并脚踏实地地辛勤耕耘，久久为功，终会有所收获。这也是我对天道酬勤和水到渠成的理解。

弘扬与传承中华优秀传统文化，贵在读书明理，向先贤致敬，向他们学习。作为一名老兵，我要永葆青春，热爱生活，反映人民心声；开启人生新航程，谱写时代新华章；描绘未来新画卷，奏响人生新凯歌。

走进泸沽湖

　　三月下旬去泸沽湖，未必是明智之举。听朋友说，泸沽湖最美的季节应该是盛夏。那时，杜鹃花开得漫山遍野，艳如霞；俊美的摩梭儿女情歌萦绕湖畔，歌如潮；湖天一色，水如镜；群峰逶迤，山如黛；碧波荡漾，舟如叶……那才真叫人心驰神往呢！可我等不及了，急不可待地想走进这个充满神奇和浪漫色彩的女儿国。于是，我激情满怀地来到了心仪已久的泸沽湖，目睹她天使般的容颜，感受她的宁静、柔美、自然的独特风情。

　　泸沽湖位于滇西北和青藏高原东部之间，是一个高原深水湖，她三分之二的地域隶属于四川盐源，三分之一隶属于云南宁蒗。泸沽湖古称鲁窟海子，又名左所海，俗称亮海。在纳西族摩梭语中，"泸"为山沟，"沽"为里，意即"山沟里的湖"。泸沽湖总面积达 7 万余亩，水面海拔高度 2700 多米，平均水深 40 多米，最深处达 90 多米，透视度为 10 多米。

　　到达泸沽湖景区，已经是傍晚。朦胧夜色中，我辨不清方向，目光所及灯火阑珊，导游说那是草海，今晚就住在这里感受草海的清香与夜韵。当晚，我的心犹如春潮般涌动，想象着次日饱览泸沽湖盛景的欣喜。

　　高原晴日的夜空，应该有繁星和皓月，可我见到的却是伸手不见五指的漆黑。借着湖畔人家门前小店的几盏路灯发出的微弱的光，我能分辨出的唯一景色便是几只小木船，它们静卧在婆娑的草海里。偶尔也能遇上几个影影绰绰的影子，那是和我一样在冷寂中想探究些新奇的游客。静极了的四周，找不出除人发出的呢喃以外的任何声响。我收拾起夜游的浪漫，匆匆归去。

　　清晨，我睁开双眼，匆匆洗漱，拿起相机，冲到门外，凭空想象着太阳跃出湖面的一瞬，那该是一幅怎样的让人震撼的画面。

　　莫道君行早，更有早行人。凛冽的晨风中，草海畔稀稀疏疏地站了一些摄影的游客，他们静静地狩猎着朝阳跃出地平线的壮观。

　　眼前的草海，满目枯黄，年迈而茂盛的水草努力高昂起头颅，不辱支撑起风景的使命，抱团，成块，簇拥成片。根根水草积蓄着力量，形成团团厚实的自然战阵，以磅礴的气势对抗严寒，等待游客们的检阅。几叶扁舟静卧在草甸里，八卦阵般排布在清冽的水上空隙里，一切是那样静谧和谐。游客们肃立着，光影交汇的灿烂瞬间，太阳终于一丝一丝地从地平线伸出触须，向上爬呀爬，"噌"的跃出地平线，犹如舞台上的束束追光，迅猛地刺向草海。草海立刻兴奋地涨红了脸，瞬间便呈现出令人炫目的壮阔的金黄。小舟上的摩梭人被罩在金色中，成为一尊尊雕像。就这一眼千年，神奇的草海日出，深深地定格在我记忆的胶片上。我和同伴拾起背包，进入主题：借一叶扁舟，泛舟泸沽湖。划船的是个地道的摩梭人，两团高原红贴在他凸出的颧骨上，坚毅的眼神，骨感的身板，矫健的身手，从容的应对，一看就知道是"老泸沽"了。我们私底下叫他老阿舅。小船在有着优雅弧线的水草栈道中穿梭，一桨一桨地剪开碧波，缓缓地滑向如镜的湖心。阴郁的天空给了湖水深蓝的颜色。深蓝的颜色往往仿佛具有一股神秘的引力，牵出人们来自灵魂深处的对浩瀚的敬畏。没人言语，静寂的四周飘荡着纯粹的生命和纯粹的空灵。真可谓静到极点禅意浓，情到深处人孤独，美到极致是无言。

　　老阿舅非常善解人意，他放下船桨，让小舟自由漂荡，漂荡在与天一色的湖面，漂荡在森森幽深的柔波里，漂荡在如黛远山的墨绿中，漂荡在人们沉醉的遐思里，穿越在蛇岛、王妃岛和里格半岛，漂荡在《让我们荡起双桨》的时光隧道里。碧波深处，我也仿佛羽化了，醉舞蹁跹。我不知道这船是在摇往瑶池，还是在穿越蓬莱？

　　泸沽湖，我无法用我笨拙的笔描绘出她不羁的曲线来。泸沽湖的美，是灵性的、跳跃的、多变的、不可触摸的。她的魅力之处，就在于她的特色性。湖间岛屿山色紧随季节流转，天色变化阴晴难测，湖水只得随它们的心意，一笑生百媚，一怒起狂澜。这片远离喧嚣、未被驯化的湖，有着意料之外、情理之中的变幻莫测。面对她的千娇百媚，我除了开心地笑，除了感叹，除了赞美和沉醉，还能做什么呢？穷尽赞美之词，我实在是找不到更精确的言语来表达和描述，那真是一种难以名状的、令人心醉的美！

泸沽湖充满神秘感的，远不止这里的湖光山色，更在于摩梭人走婚的习俗吧！中午，在隶属云南的大落水村吃完午饭，导游小李和小杨陪我在当地错落有致、风格迥异的小卖部购买了具有摩梭人文风情的木片书签、风铃、手镯、草帽、歌碟和哈达。买东西时，还与美丽大方的摩梭女孩菲菲合影留念。尔后，去攀爬了走婚习俗的花楼，聆听了当地导游介绍走婚的浪漫故事。

下午，去爬了泸沽湖最古老的格姆女神山，参观完传奇女子肖淑明故里，至走婚桥时，已经是风雨交加了。冻得瑟瑟发抖的我，坚定地冒雨前往。我虔诚地渴望寻求到一种希望，祈求到一种福气，领略到一种意境，一种杨二车娜姆走出女儿国、走遍全球的自信和豪迈，一种传奇女子肖淑明式的抛弃浮华、皈依本真的率性。我也要潇洒走一回，为梦想，为无数被迷茫桎梏的日日夜夜，为生命的光华与实现价值的无悔追求。

晚上，篝火映红了一群群摩梭少男和少女的脸。围着升腾的篝火，我们汇入欢乐的人群，载歌载舞，快乐如奔腾的河流，激荡着郁滞的心湖。那夜，月光皎洁，星星都出来了，拥挤地挂在天上。高原的夜空，皎洁如镜，澄清如水，净美如诗，畅美如歌，叫人心醉……

走进邛海

　　美丽的西昌因为有中国的卫星发射基地和邛海而驰名中外。2013年3月下旬，我在从泸沽湖返回的途中，有幸去游览了邛海。因为下午要坐火车回成都，在邛海逗留的时间很短，加之当时没有创作的冲动与激情，只写了《走进泸沽湖》，没有为邛海写一个字。这让我心里始终有一种莫名的愧疚感。邛海对于我是一个具有神奇色彩的谜。我觉得自己当时还没有为解谜做好充分的准备，担心自己的文字难以驾驭"海"的浩瀚。当时有一个企盼，如果再来邛海，就一定要为这片西部高原的湖泊写一篇带入感和吸引力较强的游记，以此揭开她那梦幻的面纱，让更多的人走近她，领略她的风采神韵。

　　为了却一个美丽的夙愿，走近邛海，听她的涛声，看她的浪花，感悟她的独特魅力，也为了让更多的人来领略她别样的风情，2019年2月15日至16日，我怀揣一个祈祷、一个祝福、一分久别的思念，第二次来到她身旁！我第一次来邛海时，还在重庆市川剧院工作，而这次来邛海，我已经在重庆中国三峡博物馆工作近五年了。这五年来，邛海一直在我的梦中萦绕，心里有一个声音一直在催促我，该去再睹她的芳容和聆听她的潮声了。于是，我带着一种莫名的冲动，利用周末，只身飞往西昌，下午住进永平的同学志国安排的邛海宾馆索玛楼。傍晚与志国、马俊等朋友在邛海边的鑫源鱼庄共进一次具有当地别致风情的晚餐，观看了俊男靓女表演的彝族风情浓郁的篝火晚会。

　　晚上回到酒店快11点了，我依然没有睡意，又兴致勃勃地来到宾馆的公园里。公园与邛海的环海步道只有一栏之隔，铁栅栏上了锁，我拿出房卡，打开铁门，信步走在环海步道上。一眼望去，邛海宛如一面月光宝镜镶嵌在西昌城中，为这座高原春城带来了极大灵气、人气和财气。这或许就是上苍赐给大凉山儿女的聚宝盆吧！

高原夜色朦胧，充满了诗情画意。我放眼远眺，邛海四周灯火阑珊，一片静寂。因为还在过年，邛海市政管理部门为了让游客在这里度过一个年味浓郁的佳节，特意在海边的栅栏上、树上、房屋上悬挂了大红灯笼、中国结、彩灯、飘带等，在环海的内侧湖泊里布置了霓虹灯闪烁的荷花、睡莲等，那些荷花和湖边盛开的海棠花、三角梅、迎春花在明暗交错的灯光下相互映衬，宛如春姑娘和贝壳姑娘在邛海里嬉戏、沐浴和歌唱，好一派春意盎然的高原夜色。

此刻，高原的气温不算太低，尽管我只穿了衬衫和毛衣，但依然没有感到多大寒意。独自漫步在邛海的环行步道上，听着浪涛声，看着远山如黛，闻着院子里的阵阵花香，感觉特别温暖和惬意。邛海比较大，我走了接近一万步，回到宾馆已经将近后半夜 1 点了。躺在床上，看了来之前做的旅行功课，脑袋里闪现出与邛海有关的数据与精彩画面。

邛海位于四川省凉山彝族自治州西昌市，是四川省的第二大淡水湖，古称邛池，属更新世早期断陷湖，已有约 180 万年历史。其形状如蜗牛，南北长 11.5 千米，东西宽 5.5 千米，周长 35 千米，水域面积 31 平方千米；湖水平均深 14 米，最深处 34 米；水面标高为 1507.14～1509.28 米；水位变幅小，集水面积约 27 平方千米。2002 年 5 月，四川邛海—螺髻山风景名胜区经国务院批准被列入第四批国家级风景名胜区名单。

邛海距市中心 7 千米，卧于泸山东北麓，山光云影，一碧万顷。湖畔现有邛海公园、邛海宾馆、月色风情小镇、观海湾、天下第一缸、青龙寺、月亮湾和新沙滩景观、莲池、阳光度假村、洛莎玫瑰园、老海亭遗址、核桃村观赏园和四川省邛海水上运动学校等精品景点。它们组成了全新的邛海景观，构成了邛海文化的新元素。

邛海如同我国其他高原湖泊一样，以恬静著称，景色四季各异。春日上下天光，一片浩瀚波光闪耀在苍山碧野之中，舟行碧波上，人在画中游，岸边桃红柳绿，燕语呢喃。夏日湖水盈盈，霞光耀眼，山寺渔村，相映生辉。秋日天高气爽，落霞孤鹜，秋水长天，使人流连忘返。冬季天净水明，红枫翠柏，倒映湖面，海浪奔涌，似白鹅嬉戏于波涛之上。诱人的邛海景色，与西昌晚间皎洁的明月，形成"月出邛池"的诗意之境。意大利著名旅行家马可·波罗在游览邛海后对其大加赞叹，在《马可·波罗游记》中写道："碧水秀色，草茂鱼丰，珍珠硕大，美不胜收，其气候与恬静远胜地中海，真是东方之珠啊。"著名经济学家、历史学家朱偰游邛海后也写道："我曾泛舟西湖，鼓棹洞庭，横绝太湖，登临鄱阳，觉得洞庭雄阔，鄱阳奇伟，太湖深秀，西子浓妆，邛池淡抹，各有千秋，邛池尤以恬静见胜。"邛海景色由此可见一斑。

邛海不仅景色秀美，还有许多美妙而动人的民间传说，更烘托出它的神秘和美丽，李膺的《盖州记》和《太平御览》等著述中均有记载。

邛海湖内有 40 多种鱼类，如白鱼、鲤鱼、大虾、螃蟹等。每到秋末冬初，还会有成群的候鸟飞临邛海——白鹭、鹭鸶、凫雁、苍鹭、鸳鸯、池鹭、天鹅和绿头鸭、赤麻鸭、秋沙鸭等 50 多种。可以说，这是一道靓丽的风景和独特的旅游资源，西昌市民热切盼望有个"鸟节"。在官方提供的有关西昌旅游资源的简介文字中，无论是"四张名片""六大殊荣"还是 2009 年西昌市 24 个旅游节庆活动一览表中，我们都没有看到关于邛海水鸟的只言片语。旅游部门还没有把体现西昌和谐、关爱、共融、幸福的人鸟情从泛泛的"西昌山川秀丽、景色迷人""西昌是著名的太阳城"等简单的表述中剥离出来，并把它作为充满文化特色、贴近市民生活的品牌性节庆活动加以打造，未能充分认识到通过创立、延续、发展鸟节品牌，不断提高西昌的知名度、吸引力和影响力，提升城市的文化精神及品质，让属于西昌独特的"幸福感"延续，成为西昌市民一个重要的幸福标记的重要意义。

在脑海不断浮现的上述数据和美丽画面中，我进入了甜甜的梦乡。因为兴奋和激动，第二天不到 7 点我便醒来了，抓紧时间洗漱完毕，走出宾馆，在阳台等着春天的暖阳。高原的太阳比内地来得要晚近 50 分钟，大约 7:42，一轮红日从湖边的东山上冉冉升起。刚开始，太阳犹如一个白色的气球慢慢升腾，几秒后，白色球状的底部一层一层地变红，不到 10 秒，白色的球体被红色填满。那一瞬间，太阳就像一个鸡蛋黄，大约过了 3 秒钟，蛋黄又变成了白色。整个白球向四周发出耀眼的光芒，不到 5 分钟，我便感受到高原春日阳光的温暖。这个过程与泰山观日出异曲同工，但这个感觉更特别，这种幸福和温暖也不是在其他海边所能比拟和体验得到的。

回到宾馆吃完早餐后，我又来到邛海的环海步道。如果说夜晚的邛海是一位身姿款款的仙子，仪态万方，光彩照人，那么白天的邛海就是一个楚楚动人的贝壳姑娘，她沐浴在阳光下，显得婀娜多姿，亭亭玉立，宛如空谷幽兰。

白天的邛海，红嘴鸥在海面低翔。成双成对的骨顶鸡一会儿钻进水里，一会儿浮出水面，自由惬意。海面上的训练帆船排列有序，间距有度。偶尔还有几只人工小船和快艇在水面穿行，乘船的游客谈笑风生，摆出各种姿势照相留影。海里随处可见各种鱼儿在自由游动，还有零星的水藻随波摇摆，整个海面呈现出一幅人与自然和谐一体的静怡场面。游客尽管多，可能是大家都在尽情欣赏邛海的自然和美吧，几乎没有一点儿嘈杂和喧嚣，处处呈现出风和日丽、天人合一的自然静美，与许多人潮如织的景区相比，大有风景唯有这方独好的感觉。难怪邓小平同志曾给邛海题词："这里得天独厚！"

游完邛海，我又去游览了邛海湿地公园和南红自由贸易市场。看着环境优美的湿地公园和商品琳琅满目的自由市场，我心里感叹，大自然对西昌儿女真是无比眷顾，不仅赐予了他们水产丰美的邛海，还赐予了他们环境优美的湿地公园和汇集天地之灵气、日月之精华的南红矿场。无疑，生长、生活在凉山州的人是充满骄傲和自豪的，也是十分幸福的。我在与几个西昌朋友的交流中得出了这个结论：西昌气候宜人，生活节奏不快，物产丰富，日照时间长，城乡环境优美，旅游发达，适合人类居住。

中午，志国弟弟受永平弟弟的委托，专门请我到海河边老渔家用午餐。这家的中式装修和佳肴品类让人耳目一新。整个餐厅四周开满了各种争奇斗艳的鲜花，从窗户外面可以看见流动的海河。尽管当天是农历正月十二，可是气温仍有 28℃。志国穿的是短袖，我坐在窗户边，午日的阳光洒满我的后背，浑身发热，只好脱掉外套和毛衣，穿一件衬衫，即便如此，也依然感觉很热，这种热让我感受到了西昌人的热情就像阳光一样火热真诚，让人感觉特别温暖幸福。

吃了午饭，我又去邛海宾馆喝了茶，一是为了和一位朋友告别，也是为再一次目睹邛海的风采，听听涛声，看看红嘴鸥，再享受一下温暖的阳光，为写此文增加一点儿灵感。

临别前，我与来和我告别的朋友——志国等人合影、拥抱，尔后，坐车去西昌机场。送我的车慢慢向前移动，回头看见志国还在挥手，邛海也在向后面退去，我的眼泪情不自禁流了出来。我知道，这泪是因为感动，因为从一踏进西昌的土地开始，我就感受到朋友的关爱和温暖，让我特别感动。同时，我也为大自然鬼斧神工地为凉山州儿女创造的邛海而欣喜和赞叹。我的泪水告诉我，邛海离我的视线越来越远了，可是邛海的画面在我心里却越来越清晰，喝邛海水长大的朋友在我心里越来越珍贵。

一眼千年，虽然我已经回到了山城重庆，但邛海的山水、潮声、海鸥、鱼虾、花草、帆船、环海路、花廊、阳光、海风等都永远定格在我的脑海里，伴我忘却烦恼，远离阴霾，一路阳光。

立春畅想

风雨送春归，飞雪迎春到。今天是中国传统二十四节气的第一个节气——立春。它标志着一元复始，万象更新。

一年之计在于春。春天是辛勤播种、努力耕耘的季节。没有春天的播种与辛勤耕耘，到了秋的季节，哪里会有沉甸甸的收获。人生也是如此，特别是年轻的时候，如果懒惰成性，不去努力学习本领，那么即使到了知天命的年龄，也不会有太大的成就。所以，我们在青少年时期，就要树立远大理想和抱负，少去好高骛远和空想，多去实践探索，不断开拓进取，到了收获的年龄，才会硕果累累。

正反两方面的经验告诫我们，要特别珍惜与善待青春岁月，抓住机会，如饥似渴地学习新知识和练就过硬的本领，才能立于时代的潮头。

作为清醒和成熟的人，我们应该让那些短暂的烦恼和浮云被时代的春风吹散，吹远，变淡和逐步消失。曾经的那些感伤和惆怅、挫折与苦难、煎熬和酸涩，都是我们成长路上的磨刀石和不断积累的人生财富，恰好被我们遇见，给予我们更多的历练。

熬出来的人生就像泡出的一杯春茶，富有恬淡的滋味与韵味。我们的胸襟和气量是被无情的现实和一个又一个的委屈撑大了的生命容器。这个容器承载了生命中所有的坦途与逆旅，这个容器不拒绝生活故事的五味杂陈，但拒绝生命的任何负面解读与误导。因此，我们要坦然面对一切成功与失败，始终要活出人生的价值、温暖、幽默、担当和希望。

立春了，我们的心态、姿态，一定要有青春的激情、青春的灿烂、青春的理想、青春的超然、青春的洒脱，努力做一个乐观豁达的人、大度的人、阳光灿烂的人、向上向善向美的人、内心强大的人。诚然，这就是我们永不衰竭的青春梦想，这就是召唤我们的使命，这就是我们生生不息的火热的衷肠、无悔的追求和生命的精彩！努力奋进吧，让青春的演绎永不落幕！砥砺前行吧，让青春之歌永远唱响！这就是我们持续谱写的青春礼赞！这就是我们不忘初心、不负时代的生命华章！

春分遐思
——祈愿世间多一分美好

　　春分，标志着万物复苏的春天已经过了一半，也意味着今天的日夜均为十二小时。

　　在这春光明媚、花香馥郁的美好日子里，我却多了一分如丁香花一样的哀怨与心愁。躺在西部战区医疗技术和医疗设备均为一流的重症监护室里，感觉死神就在身边。但是，死神并不能让我畏惧，因为我知道，新陈代谢、生老病死的自然规律是不可逆转的。平时工作忙，很少思考人生的真谛与价值，到了医院，更加感到健康是"1"，其他的都是"1"后面的"0"，只有这个"1"存在，"0"才有实际的价值和意义。在此之前，我经常加班，熬夜，喝酒，写作，交际，总是以"未来有漫长无期的睡眠时间"为由，挑灯夜战，成了一个习惯性的夜猫子，以燃烧蜡烛的方式透支着有限的生命。这样的任性使我的"国防体"熬成了"林黛玉"，进而怕风，怕冷，怕热，怕累，怕饿，怕闹，身体健康每况愈下，加之自己的情绪很容易被外界的人和事所干扰，导致病由心生，令人苦不堪言。

　　躺在病床上，望着天花板，感觉重症监护室那么寂静，仿佛可以听见输液管液体微弱的滴答声。越是在安静的环境里，人越爱胡思乱想，越爱天马行空地遐想。此刻，我一边读着文友陈超发在林克勤组建的相圣书院微信群里的"心灵鸡汤"，一边思考着人生的价值和终极目标。最终，我认为，人生的价值在于不断创造，并享受创造过程中成功与失败的乐趣。人生的终极目标就是为信仰而活，为给更多的人带来幸福而活。

　　正如陈超所说："人的一生非常短暂，在这短暂的一生中，希望大家都能对身边的人好一点儿，别再对爱你的人发牢骚，别再对父母子女发脾气，别再让自己不稳定的情绪伤害周围的人。全球几十亿人，陪你朝夕相处共度余生的，也就他们几个。所有义无反顾闯入你的生活，并且陪你走了很长一段路的人，都值得你去尊重和珍惜。对自己身边的人冷漠和暴力，却对毫不相关的人热情和投入，是心理的扭曲和迷失。"这段话很精辟，闪烁着智慧与真理的灵光！

人生苦短，草木一秋。我不主张及时行乐，但也不提倡做"苦行僧"。我一向认为，只要一个人不懒惰，坚持正确的世界观、价值观、人生观，将理论与实践深度结合，将知识、素质与能力深度转化，最终就会取得沉甸甸的收获。一切投机取巧、哗众取宠、不劳而获的行为，都是不可持续的。因此，我认为奋斗和激情是永恒的青春，没有谁比奋斗的人，创造价值的人，为人类谋取幸福、争取和平安宁的人更充满青春活力，更可爱！因此，我们应该向那些为寻求真理，为人类文明和幸福而付出智慧乃至宝贵生命的先贤、勇士，以及广大人民群众致敬！

当然，现在也有许多精致的利己主义者，他们拜金，崇洋媚外，贪图享乐，颓废……这是我们必须坚决反对的。大道至简，厚德载物，上善若水，海纳百川……这些古老的人生智慧，我们必须不断传承、弘扬和实践。我始终认为，一个不知感恩的人，一个对父母不孝、对朋友不忠不义的人，一个恩将仇报的人，一个对单位不热爱、对事业不忠诚的人，是不可能行稳致远的，也是不可能得到别人尊重的！希望这样的人，要审视和检查自己的思想和行为，彻底清除心灵的尘垢和垃圾，不断反省自己，不断修身养性，不断淬炼品格，努力让自己成为一个高尚的人，一个纯粹的人，一个有道德的人，一个脱离低级趣味的人，一个有益于人民的人。

国际局势并不太平，局部战争从未停止，国际恐怖主义依然存在……因此，衷心祈愿人间多一分真情友爱，多一分大爱无疆，多一分赞美，多一分感动，多一分鼓励，多一分雪中送炭，多一分悲悯之心，多一分宽恕，多一分仁义，多一分岁月静好，多一分宁静致远，多一分禅悟，多一分大智慧，多一分格物致知，多一分云水禅心，多一分信任，多一分包容，多一分理解，多一分换位思考，多一分冷静……少一分嫉妒，少一分野心，少一分算计，少一分猜疑，少一分冲动，少一分仇恨，少一分敌意，少一分虚伪，少一分虚荣，少一分自负，少一分讽刺，少一分打击，少一分落井下石，少一分势利，少一分利用，少一分世态炎凉，少一分小聪明，少一分冷漠……那么我们这个社会就会多一分和谐温馨，少一分暴力对抗；多一分尊重，少一分傲慢；多一分谦逊，少一分骄傲；多一分优雅，少一分粗俗；多一分文明，少一分野蛮。

倡导优雅，坚持文明，是人类社会繁荣发展的共同目标，也是每一个公民的使命与责任。只要我们每个人都把优雅当情怀，把文明当初心，从点滴做起，从现在做起，从自己做起，久久为功，日积月累，就会建成一个团结友爱、我为人人、人人为我的文明大家庭。

清明时节话清明

清明时节雨纷纷，路上行人欲断魂。站在祖先和逝去的亲人的墓前，更加明白自己从哪里来，将向何处去。

清洁，清廉，清净，中心无非一个清白；明事，明礼，明法，主旨实乃一个明白！

清爽做人，清白做事，足矣！岂能事事如意，但求无愧于心！

清醒、清白、清净之人，活得明白，自有清风拂面涤心，自有清风明月般的真、善、美和万丈光芒暖人心。

红尘滚滚，功名利禄，如果你过于执着，拿不起，也放不下，为权，为钱，为名，为情而黯然神伤，不妨清明时分去扫墓，自然就会顿悟清醒：人生不要对身外之物过于执着，一切皆可随遇而安，知足常乐，知足惜福。

"风雨梨花寒食过，几家坟上子孙来？"这样一想，很多事自可淡然、豁然、悠然、乐然、坦然、释然、超然。

我们都是中华儿女，都应该有一个基本的使命与责任，那就是把中华民族优秀传统文化传承下去。诚然，清明祭祖，彰显的是一种血脉的传承和文化的弘扬。

清明是感恩，是哀思，是静心，是思接千载、神游万仞，是教育，是传承。清明，更像一种精神的激励与培育。

说到底，当你悟透了清明，就懂得了中华的文明，你的人生就会春光明媚，阳光灿烂！

小满随想

小满时节，小麦籽粒开始灌浆饱满，给庄稼人以丰硕之喜悦。小满也可以寓意为知足常乐和随遇而安的心态。

人生得意须尽欢，莫使金樽空对月。在平淡简单的生活里，心仿佛更加宁静，我徜徉在儒林诗海，从此便有了一分空灵与禅意，自然比以前有更多的闲情逸致来感受春花秋月、夏雨冬雪的景致与雅致，从而让我多了一分对人生、简单生活的感悟：生活不简单，但还是要简单地生活。因为，世上许多矛盾就是把本身很简单的事情复杂化了，以至于多了不理解，产生了许多误会、隔阂和纷争。很多人不明白，其实我们每个人都是赤条条地来，又要赤条条地去，钱财与名利都生不带来，死不带去。那些悲欢离合、功名利禄、爱恨情仇、明争暗斗、钩心斗角，都是滚滚红尘中的一个瞬间的执念和一粒细微得肉眼都看不见的尘埃。

书山有路勤为径，学海无涯苦作舟。书到用时方恨少，事非经过不知难。知识的海洋浩瀚无边，唯有不断地探索，才能在知识的海洋里汲取养分，丰盈我们的心灵，净化我们的灵魂，陶冶我们的情操，坚定我们的信仰。让我们的内心在仰望星空中历练得更加强大，心存大爱，知敬畏；在嬗变惊鸿的世界里，寻觅自我，挖掘自我，开发自我，展示自我，创造自我，实现自我，否定自我，超越自我。在如此过程中，让我们知道自己的优势和短板，坚持取长补短，不断完善提高自己。也因此，让我们知道历史的发展，知道自己从哪里来，到哪里去，从而活得更加洒脱、轻松、自由与快乐，因为，这才是人性的光辉与本真。一个人如果只知道行走、攫取，不能静下来思考自己到底需要什么，活着为什么，为谁活，人生的价值是什么，哪些事该做，哪些事不该做，哪些人该交，哪些人该敬而远之。如果不对人生进行深刻反思和总结，总是高高在上，总是自以为是，总是沾沾自喜，总是盲目乐观，总是好大喜功，总是唯我独尊，总是颐指气使，总是自我膨胀，久而久之，这个人就非得栽大跟头不可。这个世界什么药都有，就是没有后悔药；这个世界从来没有如果，只有结果；这个世界，天上从来不会掉馅饼，只会掉陷阱；世界上的很多错过，都会成为过错。因此，我们在这个充满各种诱惑的世界里，务必要如履薄冰，如临深渊，低调务实，谨言慎行，方能行稳走远。

勿以善小而不为，勿以恶小而为之。我们一定不要做坏事，少做错事，多做好事。防人之心不可无，害人之心不可有。逢人只说三分话，不可全抛一颗心。这即是告诫我们做人有底线，知戒律，懂规矩，明是非，知感恩，始终不忘初心使命，砥砺前行，奋发有为。

时光清浅，记忆悠远。记忆总是把我们带回时光隧道，呈现给我们曼妙而唯美的画卷。我与大家有同感，觉得幸福的时光总是短暂的，而苦难的时光与经历是一笔宝贵的财富，也是人生的一个积累和沉淀。

时光不老，岁月不居。时光在流逝，许多尘封的记忆总是让人格外眷念，这是一种怀旧文化，是一种情怀，是一种坚守，是一种执着，也是一种责任，更是一种使命与担当。因为怀旧没什么不好，怀旧让记忆的老人聚焦一轮明月，沿着回忆的海岸线，漫步银色的沙滩，穿越烂漫绚丽的青春，寻迹万紫千红的花朵，找一找最初的梦想，念一念青春的你我，方能千江有水千江月，万里无云万里天，方能铁肩担道义，妙手写华章，实现诗与远方的美好憧憬，种下一轮明月天涯处处有，收获一轮阳光灿烂春常在。岂不美哉，乐哉，妙哉！

中国年的味道

在每一个中国人的心里，年大，月小，日子长！在每个中华儿女的眼里，中国年有着不同的情感色彩与诠释。但是，中国年的底色都是一样的，那就是红，民族红，中国红，月月红，日日红，人人红，事事红！

家，是中国年的魂，是一条磁场巨大的节庆场，吸引着亿万颗游子聚合、团圆的心；家，是一只高悬明亮的大红灯笼，让奔波在他乡的游子，载满浓浓的乡愁，踏上故乡的归途！

中国年，时间越是靠近，年的味道就越浓，欢乐的气氛就越强烈，思乡的情愫也就越浓郁，回家的步伐也就越快。长期在外打拼的游子，如同一只只南归的候鸟，从天南海北，千里迢迢，带着思念与期盼，飞向久别的故乡，回家过年！

中国年，蕴含久别的思念、阖家的团圆、温馨的祈祷、仪式的祝福。中国年，是祖祖辈辈、男女老幼，共同绘制的一幅吉祥欢乐的长卷；是久别重逢、倾诉情感的老茶坊，开怀畅饮的老酒馆；是灵魂放飞、身心欢愉的老戏台；是无论你身处何方，不管路途多么遥远，无论年长或年幼，想到回家过年，便义无反顾地跋涉千山万水，也必须回的家！

在中国人的心里，中国年的味道，说到底，就是家的味道！因为有了家，才有过年的心情与期盼。无论是距离或是严寒，都挡不住每个中国人回家过年的脚步！

哪一个中国人不是在渴望、期盼、体验、参与、享受年的味道中一天天长大成熟的？哪一个中国人不是在浓浓的年味中，体会着回家的那分独有的温暖？哪一个中国人不是在感受家的味道中知道我们从哪里来，到哪里去的？正因为如此，我们才没有忘记自己的老祖宗，没有忘记回家的路，没有忘记故乡的人、故乡的情、故乡的韵、故乡的歌谣、故乡的传说，年年风尘，从而从容走向回家的路！

过年回家的路很长，但情更长！这条路上的味道我们很熟悉，因为它就是中国年的味道！

论经典

经典是人类历史长河中智慧的结晶，是照亮我们前行的光，是催人奋进、引人深思的酵母。

经典是人们在观察世界、认识世界、改造世界的过程中，形成的物质财富和精神财富。

经典是人类从原始蒙昧走向现代文明的理想之基、信仰之光、力量之源、前行之桨。

经典不仅是文明的象征，也是一个民族是否兴旺、国家是否强盛的重要标志。

经典是我们站在巨人肩膀上前行的阶梯。一个民族的兴盛离不开阶梯。

读经典，是我们与先贤进行思想和灵魂对话的重要途径。

马克思主义的经典著作、西方的古典哲学，特别是苏格拉底、柏拉图、卢梭、莎士比亚、雨果、托尔斯泰、海涅等大师的经典哲学和文学作品，都值得我们去学习、思考和转化。中华民族的优秀传统文化，诸如孔子、老子、管子、庄子、韩非子、墨子、孙子的经典，以及《红楼梦》《西游记》《三国演义》《聊斋志异》等都值得我们去读。《论语》《道德经》《孙子兵法》和唐宋八大家的作品，亦值得我们去读。再如曾国藩的家书、巴金的小说、朱自清的散文、鲁迅的杂文、冰心的散文、毛泽东的诗词、老舍的戏剧、茅盾的小说、艾青的诗和贺敬之的诗……都值得我们去读，他们的经典作品就是中华五千年灿烂文明的重要内容之一。只有传承经典，才能播撒更多文明的种子，开出更多文明之花，结出更多文明之果。

读书是启迪人生、开启智慧、行稳致远的指路明灯，一个人要进步，一个国家要强大，一个民族要兴盛，一刻也离不开经典的指引。

为什么奋斗，奋斗的目标是什么，如何奋斗，奋斗的力量源泉是什么，如何永葆奋斗的本色和作风，需要到人类文明的经典中去探寻，到火热的生活中去体验，到源源不断的实践中去总结，因为今天的科学总结和探索，就是在为明天创造经典；今天传承经典，就是对人类历史文明的铭记和致敬！铭记是对经典最好的致敬，传承是对历史最好的尊重！让我们在诵读经典、传承经典、再创经典的伟大实践中再接再厉，让人类的经典之火，永不熄灭！

论尊重

每一个人都是生命的个体，都具有独立的人格。因此，从生命的本质而言，每个人都是平等的。人与人之间除了工作分工不同，使命不同，责任不同，并无人格的高低贵贱之分。所以，每个人来到这个世界，理应得到尊重。得到尊重是人的基本尊严。不尊重别人，就是对他人人格的侮辱和尊严的践踏。因此，一个人要赢得别人的尊重，活出尊严，自己就要先学会尊重他人。可是，现实生活中，因为有一些人不会尊重人，导致别人对他也没有起码的尊重，进而导致误会、隔阂、矛盾、冲突。因此，尊重别人，不是一件小事，而是一件事关他人尊严和人类和谐共生的大事。这绝不是小题大做，更不是夸大其词。因为，国与国、民族与民族、团体与团体、阶级与阶级、阶层与阶层之间，如果不尊重，久而久之，也会产生摩擦、冲突和矛盾。这种冲突说起来是文明的冲突、价值观的冲突，而归根结底，还是彼此缺乏起码的尊重所致。

1953 年 12 月 31 日，周恩来总理接见印度政府代表团时，首次完整地提出了"和平共处"五项原则，后来将之确定为"互相尊重主权和领土完整、互不侵犯、互不干涉内政、平等互利、和平共处"。后来，和平共处五项原则成为国际关系基本准则和国际法基本原则。和平共处五项原则体现了开放、包容和相互尊重的国际法原则，彰显了主权、正义、民主、法治的价值观，为维护世界和平和安全发展发挥了不可磨灭的重要作用。这个和平共处五项原则就是新中国在国际交往中的中国智慧，其精髓就是体现国与国不分大小，必须相互尊重，这是维护世界和平、远离战争、赢得发展的基础。和平共处五项原则不仅适应国与国的交往，也可以为人类社会的和谐共生发挥借鉴作用。

要尊重法律。法律是国家意志的体现，也是国家长治久安的底线保证。作为一个公民，就是要学法，知法，守法，善于用法律武器维护自己的合法权益。全面依法治国任重而道远，我们每一个公民必须谨言慎行，严格遵守国家的法律法规。尊重国家法律，是我们每一个公民的责任和义务。法治建设，事关千家万户，事关我们的社会秩序、公民的人身安全和社会文明。因此，尊重法律应该成为我们每一个公民的基本义务和基本修养，只有人人尊重法律了，我们社会才能安定有序。

要尊重道德。道德是人类社会的一种重要的意识形态，是由人们在社会生活实践中形成并由经济基础决定的，以善恶为评价形式，依靠社会舆论、传统习俗和内心信念，用以调节人类关系的心理意识、原则规范、行为准则和行为方式的总和。我们要严格遵守社会公德、职业道德、家庭美德，爱党，爱祖国，爱人民，爱劳动，爱科学，爱社会主义，按照社会主义核心价值观要求，牢固树立正确的世界观、价值观和人生观。坚决反对自由主义、拜金主义、享乐主义，努力做一个思想纯洁、爱好高雅、品行高洁的人，始终保持蓬勃朝气、昂扬锐气、浩然正气。

要尊重民族、民俗、民风。中国是一个拥有五十六个民族的大家庭，我们都是这个大家庭的一员，有义务和责任让我们这个祖国大家庭中的每一个成员都和睦相处。不同民族有不同的民族文化，对于本民族之外的文化，我们不仅要学习，更要尊重。只有尊重不同民族的文化，才能促进中华民族文化在创造中转化，在创新中发展。要尊重不同民族和地区的民俗、民风，只有如此，才能确保地域文化的繁荣兴盛和社会的稳定。

要尊重朋友的习惯。一个人的习惯是长期形成的，具有一定的稳定性。一个人的习惯有着地域差异，也有民族和遗传基因的差异，这是十分正常的。因此，对于一些人的思维方式、工作方式、生活方式、价值理念、饮食习惯乃至禁忌，我们不能搞一刀切，要区别对待。

要尊重个性。一个人个性的形成有先天的因素，也有后天的积淀，不容易被改变。因此，我们要尊重每个人的个性，不要遇到与自己个性不一致的就对其表示不满或者评头论足，更不要去刁难和指责。

　　要尊重人格。每个人都有自己的独立人格。我们不能践踏他人的尊严，要学会用包容、欣赏的态度去和他人交际，从而让自己的人格更加健全和完美，坚决反对诽谤、中伤、打击、恶搞的不良行为，以确保一个单位、一个团队风清气正、和谐奋进。

　　要尊重亲人。亲人是具有血缘关系的人和配偶。亲人是我们可以依靠的大后方和港湾。因此，我们对父母、兄弟姐妹、丈夫（妻子）等亲人，不要理所当然地索取和动不动就把气撒在他们身上。人类有一个十分悲哀的通病，就是对待外人始终都是恭敬的，尊重的，谦逊的，赞美的。可是，因为自己在外面遇到了不开心的事，往往回到家里就对自己的亲人发火，撒气。其实，这是不应该的。因为，亲人都希望我们好。可是，实际情况往往是自己人最容易伤害自己人。这是一种误区，更是一种悲哀，我们应该在深刻反思中去改进。

　　要尊老爱幼。俗话说得好，不要欺老，更不要欺小。因为，年龄大的同志经验丰富，人脉资源也丰富，而且说话有分量。年纪轻的同志未来发展空间大，有潜力，不容小觑。况且，尊老爱幼是中华民族的传统美德，我们一定要弘扬。尊重老同志就是尊重历史。青少年强，则民族兴盛，国家强盛。青少年是国家和民族的未来和希望。青少年因为涉世不深，缺乏历练，往往表现得经验不足和不完美。这是他们发展前进中的问题，却也能说明他们的未来有着巨大的提升空间。因此，我们不能对他们拔苗助长，也不能求全责备，而是要百般关心和爱护，为他们的健康成长助力赋能。

　　要尊重领导。对领导要人性化对待，不要苛求领导永远完美。是人就有缺点，领导也不例外。但是，大量实践证明，领导大都经历丰富，经验十足，他们既是我们的前辈，也是我们的师长，他们的思路、作风、能力大都是值得我们学习的。我们不仅要尊重领导的个性和权威，也要时刻维护领导的形象和权威，千万不要把领导对我们的批评当成包袱，而是要将之当成反向激励与爱护。领导交给我们工作，是出于对我们的信任。对领导应表里如一，切忌阳奉阴违。对领导的尊重，体现在无论他在与不在，我们都要一个样。对领导最大的尊重，就是把他们布置的工作不打折扣、不讲任何条件地圆满完成。

　　要尊重同事。团结就是力量，团结出凝聚力，团结出战斗力。相互补则好戏连台；相互拆台，则一起垮台。一个人再厉害，也比不上一各，团队厉害。能在一起共事，也是难得的缘分。因此，我们要好好珍惜与同事共事的日子，互帮互助，共同进步。这是一种修养，更是一种格局。

要尊重对手。与高手过招，其乐无穷。尊重对手，就是不打无准备之仗，要研究对手的优势和弱点，攻其不备，避实击虚。尊重对手，就是要重视对手。轻视对手的人往往难以取得胜利。

尊重是一种自律，是一种自觉，是一种修养。因此，我们应不断克服骄傲自满、唯我独尊、自以为是、自我膨胀的消极状态，在坚持尊重他人的基础上，完善我们的人格修养，提升我们的人格魅力，这是一个我们作为文明人的永恒的课题，也是一个应不断修行的实践。

为时代放歌　为人民点赞

　　文学是人学，足以彰显人的思想、精神面貌和生活状态。弘扬真、善、美，抨击假、恶、丑，聚焦社会热点，引领社会风尚，艺术性地再现生活，提出问题，是文学的社会责任和时代担当。

　　酷爱文学创作，坚持文学创作，不仅仅是我发自内心的虔诚，也是我心路历程、灵魂升华、坚守信仰的表达，更是我作为一个作家和诗人的使命与责任。进行文学创作不能装腔作势，也不能无病呻吟，更不能沽名钓誉。我们应该为日新月异的伟大时代、可歌可泣的功臣英雄、平凡伟大的人民，去激情放歌，高调发声，纵情表达，去进行全景式、大纵深、多角度、大视野、全球化、高站位、聚焦式的表达。有了这样的表达，我的内心就无比充实，我的人生就精彩纷呈。懂我的人，自然会体会到我内心的炽热远远超过我外表的冷静，精神的丰盈远远超过物质的积淀。

　　金钱不是万能的，但没有金钱是万万不能的。必要的物质是一个人生存发展的基础，必须通过自己的诚实劳动去获得，这是一个人基本生存的智慧与能力，也是一个人不给社会、家庭、朋友增加负担的基本能力。有了这样的能力，人才会有基本的自信，这就是生存自信。仅仅有生存能力和生存自信是远远不够的。仅有获取物质能力和物质自信的人，活得并不是最愉悦、最幸福的。许多人只有物质，而缺乏精神世界的填充与品质的提升，导致心灵的田野荒芜。久而久之，这样的人，心灵空虚，精神颓废……因此，一个人仅有生存的能力和自信还远远不够，必须具备生活的能力和自信。

　　道理很简单，我们在尊重自然的基础上，有条件地征服自然，改造自然，战胜自然，获取一定的物质财富，目的就是保障生命的延续，进而过上高品质的生活。高品质的生活不仅是由物质财富构成的，还必须有精神财富的支撑，这样，我们的生活情趣、生活品位、生活价值才会提升。所以，我们作为社会人，必须具备获取物质财富与精神财富的能力与自信，有了这样的能力与自信，我们就会在任何环境下，不卑不亢、从容淡定地生活，这样的生活才有尊严，这样的生活才有价值和意义。

　　如果我们停留在物质层面的满足，而没有丰富的精神收获，那么人生也是不完美的。因此，我坚持不懈地、始终如一地，以初恋般的激情投入散文、诗歌创作。我没有卓越的天赋，也算不上才高八斗、学富五车，只是因为喜欢，因为热爱，因为钟情，因为执着，因为虔诚，所以，当别人喝茶、打牌、旅游、娱乐时，我就在手机屏上、电脑上，忘我地、痴迷地、执着地、疯狂地进行文学作品的选材、构思、写作、打磨、润色。这样的创作往往是天马行空、任意驰骋的。创作的过程中，有搜肠刮肚、自我颠覆、自我陶醉、心花怒放、悲天悯人、热泪盈眶、开怀大笑，也有静待花开的播种、耕耘、收获。这是一种自我革新、自我否定、自我升华的艰辛探索与情感撕裂，更是一种认知、价值认同、社会责任和时代的使命担当的情感流露。

　　如果人人都不去弘扬真、善、美，不去无情抨击假、恶、丑，那么我们的清风明月从何而来？我们的和谐共生何在？我们的文化繁荣兴盛何时实现？所以，文化繁荣兴盛，人人有责。当然，文化工作者更应成为践行文化自信、文化自觉的排头兵，更应成为弘扬社会主义核心价值观和引领社会风尚的实践者、创造者和示范者。

　　生活在当今中国，面对改革开放 40 多年来取得的丰硕成果，面对那些在科技领域做出巨大贡献的功臣，面对那些为了保卫人民的安全，保护国家财产，而与地震、洪灾、疫情等灾难进行英勇斗争的人民英雄，面对那些对我们有知遇之恩的朋友，面对那些道德沦丧、贪婪腐败的蛀虫……我们作为有良知的文化工作者，岂能不拿起笔来讴歌我们伟大的党、伟大的人民、伟大的英雄、伟大的功臣？怎能不拿起笔来驱邪扶正，惩恶扬善，激浊扬清？正是有了这样的情怀和追求，我才笔耕不辍。

　　这样的初心，我不会改变；这样的自觉，我不会迟疑；这样的坚持，我不会中断。个人的力量是有限的，但是，如果我们每一个文化人、文化工作者都行动起来，就能形成风和向正、四海同心、万众一心、众志成城的磅礴力量。有了这样的巨大力量，我们的文化就会更加繁荣兴盛，我们的社会就会更加和谐美好，我们的人民就会更加幸福安康！这是我的心声，更是我永恒不变的时代追求！

作家要为文学负责　文学要为人民发声

　　作家是文学创作的主力军，也是促进文学发展的中坚力量。自古以来，作家在文化传承，弘扬真、善、美，抨击假、恶、丑方面，在教育启迪民众方面发挥了春风化雨、潜移默化的作用。优秀作家的人品、人格，作品的质量和艺术成就，都令人敬仰。可是，我们现在也有个别作家的人品、品格和作品质量令人质疑和反感。我以为，这是作家创作的出发点和动机出了问题。作家写作不能简单地认为是自己的事，想写什么、如何写，必须搞清楚。我们坚决反对"关起门来搞写作"，更反对为了发泄自己的不快和怨气而写作。

　　文学是文化的重要内容，也是一条非常广泛、活跃、生动、繁荣的战线。要保持文学事业的繁荣兴盛，离不开广大文学工作者和文学爱好者的辛勤耕耘和艰辛付出，更离不开人民群众的大力支持。因此，文学的繁荣发展绝对不能只唱赞歌，而不揭露客观问题。我们在文学创作的实践中，必须把握大趋势，高扬主旋律，唱响正气歌，打好主动之仗，为中华民族伟大复兴凝聚磅礴力量，多出精品力作。

　　当然，我提倡广泛开展文艺评论、文艺批评，但是坚决反对以文学的名义，恶意放大现实中的个别现象和小矛盾。任何一个国家，哪怕是最发达的国家也会有发展不平衡等各种各样的问题。中国是发展中国家，人口多、底子薄等基本国情依然没有变。国家治理体系和治理能力的现代化，是需要经过艰苦的过程才能实现的，绝不是等来的和喊口号喊出来的。我们国家在前进和发展的过程中，会产生这样那样的问题和矛盾，这些必须通过改革和发展来解决。一切问题和矛盾都不是发牢骚，泄埋怨，讲怪话，冷嘲热讽就能解决的。极少数个别作家总是制造不和谐的声音，只会给社会释放更多负能量。一个社会如果负能量的东西太多，而且不及时纠正和处理，它的稳定与和谐就会受到冲击。

现在，我们有的作家，退下来之后，感觉自己"更自由了"，对自身的要求降低了，打着为民请命的幌子和伸张正义的旗号，以文学的方式、作家的名义，说了一些"自己很痛快的话"。有的人倒是"自由痛快了"，可是，写出的东西，既有失水准，也没有起到提神鼓劲儿、加钢淬火、催人奋进、引人向上的积极作用，反而搞得人民群众情绪低落，干劲儿不足，精神萎靡，这哪里是一个作家的使命和初衷？

文学是意识形态领域的重要内容，它是为广大人民群众提供精神食粮的。文学应该赞成什么，歌颂什么，反对什么，实质上就是文学的阶级性。文学的"双为"方向，说到底就是其党性和人民性的统一。文学为社会主义服务，就是要为社会主义发展的大局服务，这其中自然包含文学的使命与方向。文学要为人民服务，就是坚持以人民为中心的创作方向，为广大人民提供更多主题突出、内容健康向上、形式喜闻乐见、雅俗共赏的文学作品，从而达到教育人民、鼓舞人民、启迪人民，引领时代风尚，促进人民向上向好向善向美，推动社会和谐奋进的目的。

面对灾难，文学应该发声。对催人泪下的、引人向上的、充满正能量的人和事，应该通过文学创作的方式大力褒奖，给读者以心灵滋养，弘扬真、善、美。对自私自利、不作为、乱作为和违法乱纪的人与事，应该用文学作品进行旗帜鲜明、态度坚决、行动果断的揭露和批评，目的是匡扶正义，反对假、恶、丑。这是我们每一个作家的使命与担当。

文学就是人学。那么，我们必须对广大人民负责，用良心、责任心和感恩的心去创作。坚决反对无中生有、捕风捉影、夸大其词和危言耸听。这样创作出来的作品是有偏见的，是片面的，是偏激的，读者读了反而会起负面效应。

作家应该重视自己的荣誉，以不辜负读者的认同、依赖、钦佩。可是，我们有的作家在关键时刻、敏感时期，缺乏政治意识和大局意识，写出的东西自相矛盾，他们自我陶醉，既没有跳出"小我"，又没有写出"大我"。

从这样的作品中，看不到爱党、爱国、爱人民的忠诚，看不到心系人民的大爱，看不到对社会的凝聚力量，看不到社会的主流。这样的作家，这样的作品，是不可能被人民支持的，是得不到社会各界的广泛认同和认可的。作家的名声和实力不是一劳永逸的。一名作家如果心里没有党、国家、民族、人民，那么无论他曾经获得过多少荣誉，也算不上合格的作家。一个做不到深爱自己祖国、民族和人民的作家，注定走不远，飞不高。具备深厚的、浓郁的、坚定的家国情怀的作家，才能写出具有时代气息和不被时代淘汰的文学作品。我们期待在这个波澜壮阔和日新月异的伟大时代，锻炼铸就一大批具备宽阔的审美视野、昂扬的精神面貌、浓郁的家国情怀的人民作家！这是时代的呼唤，也是人民的心声，更是文学的责任担当，这是我们每一个文学爱好者的希望与未来！

精神不可缺　责任不能忘　信仰不能丢

　　精神、责任、信仰是创新的根本！离开精神、责任、信仰的支撑，作家就会失去创新的动力与方向！没有动力的创新是被动的，被动的创新是没有力量源泉的。没有方向的创新是难以行稳致远的，行不稳、走不远的创新是难以持续的，难以持续的创新是不可能有大的成果的。

　　人，总是要有一点儿精神的。有了一不怕苦，二不怕死的精神，任何人间奇迹都可以创造。中国共产党领导中国人民推翻帝国主义、封建主义、官僚主义三座大山，建立人民当家做主的新中国，推进了社会主义建设和改革开放，让我国的生产力水平大大提高，综合国力显著增强，社会和谐稳定，人民生活明显改善，摆脱绝对贫困，全面建成小康社会。这个过程中，不可缺少的就是一往无前的精神。

　　我们党带领全国人民在不同时期形成的井冈山精神、长征精神、延安精神、抗战精神、西柏坡精神、红岩精神、"两弹一星"精神、伟大的抗洪精神、伟大的抗震精神、伟大的抗疫精神，早已成为党和国家的宝贵精神财富，激励我们亿万中华儿女自强不息，开拓创新。在新的历史时期，这些精神必将焕发出更加灿烂的时代光芒！

　　责任连接使命。责任心是事业心的前提。有了为党，为国家，为人民高度负责任的态度，我们党的事业就能兴旺发达。如若抱有敷衍塞责、得过且过、混日子的态度，我们的事业就不可能走向胜利。

　　信仰可以理解为对道路、理论、制度、文化的精神崇拜，也是人生理想，更是人生的灯塔。有了崇高的信仰，你的人生目标会更加坚定不移，你的人生追求会更加不畏艰险，忠贞不渝。

一个人，可以平凡和平淡，但是不能平庸和碌碌无为，更不能没有精神追求、责任感和信仰。只有保持那么一股精气神，肩负沉甸甸的责任，坚定高尚的信仰，我们的事业才会朝气蓬勃，我们的人生才会无怨无悔，才会如夜空的灿烂星斗发出璀璨的光芒！我们应该始终坚持把精神、责任、信仰统一起来，让我们的人生有源源不断的动力，有正确的方向指南！保持良好的精神状态，肩负责任，坚定高尚信仰，应该是我们终生的必修课！

读于丹丹的作品有感

　　大作家、大诗人、大艺术家的作品，往往都是有独特个性的，唯有如此，其作品才更具有鲜明的思想，才更具有生命力和艺术感染力。文如其人，诗言志，歌言情。一部作品的个性往往就是一个作家和诗人本身个性的彰显。

　　我认真拜读过广东财经大学华商学院于丹丹副教授的格律诗和现代诗，她的这些诗作都是极具个性化特征的。无论是她的《等》《你走了，我才知道有多爱你》，还是《回眸军旅》《中秋寄情》《梦游儒林诗海》，乃至她的获奖感言《生命不止，诗词不休》《诗是我的心灵家园和灵魂星空》均彰显出她深厚的文学功底、敏锐的洞察力、细腻的情感、独特的视角、精准的表达、唯美的意境、空灵的阐释、灵动的天性、洒脱的精致……有个性的作家与诗人总是用脚步丈量一方土地，用生命与激情去书写，在文学百花园中独放异彩，保持一分独特的自我与艺术的灵光。诗人艾青说："为什么我的眼里常含泪水？因为我对这土地爱得深沉。"郭沫若也曾说："假使春天没有花，人生没有爱，那到底成了个什么世界？"古往今来，多少脍炙人口的佳作都是用深深的爱、浓浓的情来讴歌真、善、美，抨击假、恶、丑，从而为文学创作的主体性和自觉性做出更为明晰的时代注解和人性阐释。古今中外，不计其数的作家和作品都从正反两方面印证了一条不言自明的规则：只有热爱生命、热爱生活、关怀人生的文学作品才能在历史的烟尘中熠熠生辉。

　　于丹丹的《山城记忆》《感谢你》《父亲》《咏木槿花》《南国秋晨》

《大漠绿洲》等作品之所以匠心独运，文字隽永，意境优美，就是因为其折射出了作者独特的视野和深厚的文化底蕴，同时也彰显了作者的艺术鉴赏力、个性化写作的张力和对生活的感悟力，只有这样的作品才能启迪心智，滋养心灵，入心入魂，令人愉悦，引人向上，催人奋进。

一部精准扶贫的时代交响

——观电视连续剧《江山如此多娇》有感

脱贫致富是人类有史以来孜孜以求的伟大梦想，是人类历史发展进程中一部恢宏壮丽的史诗，是人类文明长河中波澜壮阔的不朽画卷，是人类征服自然、改造自然，从必然王国走向自由王国的巍巍丰碑。参与扶贫的人员，特别是第一线人员，是这部史诗的撰写者，是这幅画卷的描绘者，是这座丰碑的奠基者和镌刻者。向参与脱贫致富的一切领导者、参与者学习致敬。

近日，我一口气看完了表现扶贫题材的33集电视连续剧《江山如此多娇》。看完这部高质量的、备受专家和观众好评的电视连续剧，我感觉我的心灵得到了净化，灵魂得到了升华与洗礼。作为一个受党组织关怀、培养多年的文化工作者，我觉得我有责任和义务把这样的精品力作推介给更多的人。

《江山如此多娇》以贯彻落实党中央精准扶贫、精准脱贫方略为背景，艺术性地为中国历史上从未有过的壮举——精准扶贫、精准脱贫画像、立传，并以此弘扬时代主旋律，高唱正气歌，打好主动仗。该剧是一部举旗帜、聚民心、育新人、兴文化、展形象的时代经典，是一部在同类题材作品中视觉新、开掘深、立意高、艺术美、亮点多、制作精的鸿篇巨制，是一部弘扬真、善、美，抨击假、恶、丑的艺术作品，是一部培育践行社会主义核心价值观的优秀作品。聚焦这部电视连续剧的内容与形式，至少有三个亮点。

亮点一：在突出讲好精准扶贫故事时，坚持以人为本。电视剧开篇就立足以人带事，以事感人，催人泪下，催人奋进。全剧聚焦于扶贫干部濮泉生、沙鸥、赵磊和农民幺姑、田老八、喜妹、电喇叭、麻迷糊、惹阿公、石排山、石咬金、向友亮，以及乡村教师覃献文这些有血有肉、个性鲜明的平凡而又普通的人物。电视剧把人物散布于剧中的各个事件中，以他们的经历和纠葛推动整体剧情的发展，逐步揭示主题。该剧情节生动感人，彰显了人的思维、观念、思想、价值与行为方式的碰撞，催生剧情的跌宕起伏，凸显了浩然正气、昂扬锐气、蓬勃朝气、实干底气。人物形象跃然于荧屏，个性突出，向高远精神境界攀登且可敬可亲，就像我们的身边人和亲人，一点儿也不遥远和陌生。说到底，该剧对人物的塑造是自然的、朴素的、亲切的、接地气的、入情入理的、惟妙惟肖的。

亮点二：剧情的层层递进破除简单的二元体制结构对立，以新时代倡导的统筹兼顾、兼容整合、系统辩证的深度创作手法，把现实生活和具体人物都刻画得立体、细腻而富有时代特色。因此，荧屏上艺术再现的碗米溪村的脱贫过程和生活场景，不是虚拟复制的、过滤加工的、净化美化的，而是复合的、自然淳朴的且让人深入思索的。比如麻迷糊这个角色，并非天生好吃懒做、争当贫困户的"邋遢"形象。他虽有许多让人讨厌的不良习惯，比如不爱洗澡，不爱换衣服，喜欢大吃大喝等，但他破罐子破摔、自我麻醉和前期的不进取是由于父母去世早、身体不好、没有人关爱、村民有意疏远、没有人尊重等原因所致。沙鸥、濮泉生的关怀感化，田惠的深爱等，促进他的灵魂最终嬗变。这样的剧情发展既出人意料，又在情理之中。

剧中对主要人物濮泉生和沙鸥的形象塑造更是匠心独运。濮泉生是省委组织部选调培养的优秀青年干部，刚开始有点儿理想主义和浮躁，政治上也不成熟。可是，他在奋进与挫折中越战越勇，工作越来越稳，大局意识和与人为善的秉性日益彰显。因此，这个形象真实可信，自然可亲，鲜活丰满。沙鸥是省电视台的优秀记者，因报道濮泉生力排众议，主张把5万余元的遗嘱党费给因公牺牲的镇党委龙书记儿子作为扶贫款一事而与碗米溪村结缘。她在与濮泉生的合作与争执中，彰显了很多优点，也暴露了不少缺点，但是她的理性与原则性是很强的，她帮麻迷糊与田惠成婚，体现她的执着与友善。她帮喜妹建立微信公众号，彰显她的无私与智慧。她帮村民争取培训资金，组织村民代表去先进发达地区学习考察，开阔眼界，彰显她的战略眼光。她与濮泉生各司其职、十分默契的工作，对濮泉生的工作和生活的关心，足以体现她是一个有担当，重情重义的青年干部。

亮点三：在人物关系的设置上，该剧坚持艺术来源于生活、紧贴生活、高于生活的艺术创作原则，不落俗套，不赶时髦，精心打造作品的独特品质。在男、女主人公的关系设计上，此剧显然少了一些争议和儿女情长，多了一些事业至上，使精准扶贫、精准脱贫成为主线。他们建立起了一种富有时代特性的深厚情谊，比爱情更丰富，比友情更牢靠，是逆境中的相互扶持，是黑夜中的守望光亮。男、女主人公的"般配"，源于工作上的默契，源于对共同理想的探索，入世却又超然脱俗。艺术终究要靠创新制胜，靠出奇制胜，靠与同质化绝缘制胜。该剧的这种独特的思想追求和美学追求，值得称赞。

故事开篇展示了一个充满民族特色的群像镜头：一年一度的斗牛比赛，呈现了碗米溪村的美景。地处深山，少数民族聚居，生态优良，特别是村里有小河流经，大雨将来时青翠的山上飘飞着洁白的云雾，美得犹如一幅画。高楼大厦不再常见，白墙平房才是生活。剧里大部分的场景都是在半旧的办公楼和山清水秀的碗米溪村来回切换。剧中的场景，是在湖南的偏远山村取景拍摄的，剧中的演员服装、化妆及道具都恰到好处，很接地气。

该剧没有刻意回避，而是勇于展现一些社会现象：斗牛的时候大家在开盘下注，白天聚众打牌——赌；校舍成危房——基础设施不到位；懒汉麻迷糊总说希望直接发钱，发东西——民众思想仍停留在不劳而获上。该剧用戏剧化的手法还原了这些扶贫难点，在接下去的剧情中又一一攻克，形成了扶贫前后的强烈反差，这就是充分彰显精准扶贫、精准脱贫的显著成果。这样的安排是需要直面现实的勇气的，更是一种敢于直面矛盾并解决矛盾的使命担当。这就是典型的问题导向，也是聚焦问题、解决矛盾的生动表达。

濮泉生这个人物形象来源于生活。虽然他做事有些冲动，但他身上有不同于某些村干部作风疲软和村民思想守旧固执的新特质，他年轻，有干劲儿、冲劲儿、闯劲儿，不服输，敢于向不合理的事情叫板，不卑不亢。再加上雷厉风行的记者沙鸥，他们身上有一股年轻人该有的一往无前、坚定不移的干劲儿，更容易让人看到希望和美好愿景，更容易激励人心，鼓舞斗志，彰显精、气、神。青春奋进的矛盾与理想主义的光芒贯穿《江山如此多娇》的始终，而这些矛盾却似乎真实地发生在观众身边，显得剧情发展自然而又不落俗套。随着剧情的推进，以濮泉生为代表的青年人与以惹阿公为代表的过来人的新、旧思想之间的矛盾日益凸显；濮泉生、沙鸥等拥有不同想法的年轻人的世界观、价值观也产生了冲突；濮泉生作为帮扶干部与被帮扶对象对待脱贫攻坚的认知上也存在着差异。这些个性鲜明的人物特征和抽丝剥茧解决各种问题与矛盾的智慧与能力，足以彰显我们的农村正在发生思维方式、价值取向、行为方式、生活方式的变化。只有不断适应和跟上时代变化的节奏，我们的社会主义新农村才能更加新美如画，我们的老百姓才能过上居住有好房子，兜里有票子，脑袋里有点子，未来有奔头、甜头的好日子！

浓浓梨园情深深，款款川剧意满满

——致第五届川剧节的贺信

尊敬的铁梅院长、川剧院的各位同仁、各位嘉宾、新闻界的各位朋友：

大家晚上好！

今天的重庆川剧艺术中心，灯火辉煌，嘉宾云集，大家一起见证和庆祝第五届川剧节的隆重开幕。这是重庆市川剧院和川渝两地川剧戏迷与川剧爱好者文化艺术生活的一件盛事，这件盛事一定会载入重庆市文化艺术的光辉史册！

近年来，重庆市川剧院全体同人在上级业务部门的坚强领导和有力指导下，在铁梅院长的带领下，始终坚持以人民为中心的创作方向，坚持使优秀传统文化创造性转化、创新性发展，创作出了以《金子》《李亚仙》《江姐》等剧目为代表的一大批精品力作，并荣获诸多殊荣，为重庆乃至川渝两地广大人民群众的高品质文化生活提供了特色鲜明、韵味十足、民族风格、中国气派的舞台艺术精品，可喜可贺！铁梅院长发扬名家名师风范，带出了吴熙、周露等一大批优秀青年演员，川剧传承发展后继有人，令人无比振奋！

川剧艺术博大精深，魅力无穷，是中华优秀传统文化的瑰宝，是重庆引以为豪的人文名片。第五届川剧节以"唱响艺术双城记，共谱川剧新华章"为主题，将为全市乃至川渝两地人民群众提供近一个月的川剧大戏。重庆市川剧院奉献如此丰厚的文化盛宴，不仅是落实文化强国战略的实际行动，也是推进文化强市战略的生动体现，更是推进成渝经济圈建设、促进巴蜀文化旅游走廊打造的有力举措！

2010 年至 2013 年，我曾在重庆市川剧院和各位同人一起学习、工作与生活。那三年是我人生中非常绚丽多彩的篇章，我常为之而骄傲和自豪！我虽然不在川剧院工作了，但是我的心永远和川剧院紧紧相连，因为"行千里，致广大"的川剧艺术就是我永不磨灭的星辰大海！

雄关漫道真如铁，而今迈步从头越。艺术传承和艺术奉献是无止境的，因为广大人民群众对美好生活的向往是无止境的，为广大人民群众源源不断提供高质量的文化精神产品是我们广大文化艺术工作者的初心和使命，我们不能有丝毫的懈怠。相信重庆市川剧院在铁梅院长的带领下，会产出更多更好的舞台艺术精品，奉献给广大人民群众。衷心祝愿川剧院的明天更美好！衷心祝愿第五届川剧节精彩纷呈、惊艳出彩、精品不断！衷心祝愿第五届川剧节办成品牌，办成川渝地区一道靓丽多彩的文化风景线！衷心祝愿第五届川剧节圆满成功！

原 重 庆 川 剧 院 党 委 书 记　雷学刚
现重庆市博物馆协会秘书长

2022 年 6 月 29 日

后　记

　　《诗经·国风》里面有一首意境朦胧、缠绵悱恻的诗篇："蒹葭苍苍，白露为霜。所谓伊人，在水一方。溯洄从之，道阻且长；溯游从之，宛在水中央……"这是我从小就特别喜爱的一首古诗。《国风》里还有一首描写男女恋爱的情歌，它在中国文学史上占据着特殊的地位："关关雎鸠，在河之洲。窈窕淑女，君子好逑。"在我看来，我们应该把人间这种男女的爱情化作凌云壮志和无疆大爱，并与理想信仰、爱国报国、人民情怀、忠诚事业相结合，让人生变得更有意义。因为，这样不仅可丰富个人情感的内涵，也可拓展个人情感的外延。文学便是实现这个有机结合的有力支点。

　　我觉得，一切天赋与奇迹的基础和源头都是从热爱萌发的。从读小学时，我就酷爱故事情节生动、语言精练的连环画。读中学时，我就读完了《隋唐演义》《水浒传》《岳飞传》《杨家将》《封神演义》《西游记》等名著；投笔从戎后，我阅读了琼瑶的《彩霞满天》《紫贝壳》《海鸥飞处》，柏杨的《丑陋的中国人》，席慕蓉的《七里香》《一棵开花的树》《无怨的青春》，以及亦舒的《我的前半生》等。我特别喜欢徐志摩的《再别康桥》，戴望舒的《雨巷》，卞之琳的《断章》，喜欢舒婷的《致橡树》《双桅船》，喜欢汪国真的《热爱生命》《感谢》《默默的情怀》。我喜欢洒脱的唐诗、朗朗上口的宋词，喜欢朱自清的《荷塘月色》《背影》，喜欢冰心的《小橘灯》，喜欢茹志鹃的《百合花》。我喜欢印度诗人泰戈尔的《飞鸟集》，喜欢莎士比亚和雨果的作品，还有俄国作家托尔斯泰的《战争与和平》，俄国诗人普希金的诗歌，德国诗人、戏剧家歌德的作品。阅读大量的优秀作品，丰富了我的精神世界。生我养我的美丽故乡、滚烫的军旅人生、亲友的真情厚爱给了我丰厚的心灵滋养。怀着感恩和阳光般的情怀，我拿起了手中的笔，把自己的所见所闻、所思所悟，每一分感动和每一分酸楚，都化成春潮般涌动的创作激情，挥洒成朴素自然的文字，权当不负青春、不负生命的回馈。我把他人打牌下棋、四处闲逛或举杯小酌的时间，都用于创作。

童话少年，金色青春，风华壮年，阅读和创作日益丰盈着我的精神世界，让我的人生无比充实且富有意义。因此，我从来都没感到过孤独、寂寞和无聊。我的创作是自愿自发的，每一篇文章和诗歌，都是我心灵的独白，有灵魂的拷问，也有自身的反思与检视，目的是把自己的一眼千年用文字表达的方式凝固定格。我的写作始终围绕曾经从事的军队职业、宣传事业和文博事业进行聚焦和艺术表达。所以，文学创作从来没有影响过我的正常工作，反而正是因为坚持不懈地创作，提高了我的工作成效，成就了我的许多梦想。因此，我毫不犹豫地说，一个有着文学梦想的人，只要善于把个人爱好与自己所从事的事业有机结合，统筹兼顾，合理安排，是不会影响工作和事业的。反而会促进我们坚持理性思维，不断凝聚人心、凝聚智慧，形成聚沙成塔的磅礴力量。

出版《在水一方》，目的在于致敬战友、致敬爱情、致敬友谊、致敬青春，把心中那至纯、至真、至信的情感奉献给关爱、珍爱和深爱我的人们。是你们一直以来的关注、关爱和关怀，才让我过得特别充实、特别有力量、特别有活力、特别有激情、特别有灵感。我是一个特别知足常乐的人，心里始终充满阳光。因为，我相信一切阴暗、阴霾、阴谋等负能量，最终都会被阳光驱散！暂时的挫折不是人生的主流，更不是社会的主流。所以，当我们遇到苦难与不公正待遇的时候，不要自暴自弃，必须勇敢面对，智慧解决。记住，文字是有气息，有温度，有力量的，文字力量的强大，就是书写者本身的人格、精神、气质和铮铮风骨的力量彰显！

特别感谢秀外慧中、才华横溢、重情重义的妹妹雷小英为本书写序，尤其要感谢前期帮我整理书稿的妹妹王真真，更要感谢赵丽华姐姐对本书每篇文章的深情朗诵。同时，要衷心感谢长期支持我，并为此书得以顺利出版发行而辛苦付出的李海霞女士。当然，还要感谢我的家人以及关心支持本书出版并提出宝贵意见的兰芳、韩大勇、王安盛、曹银华、陈龙、谢志远、吴杰、曾庆玖、姜连贵、李坐堂、李娅楠、雷文婧、雷鹏举、孙益君、刘劲、郭明、张星海、刘洪梅、巫艳、莫骄、罗雅、李小青、周铃、李胜、陈丽、雷国忠等。你们才是本书的主人翁，也是我创作的重要支撑。书中所弘扬的主旋律、正能量、大爱情怀和善德义举等都能从你们身上得到印证，在此书交由出版社时，我想对你们说，感恩、感谢、感激你们；我也要对长期默默支持我文学创作的人们真诚地说一句，我永远爱你们！

雷学刚

2023 年 5 月 12 日于合肥